JN106016

# 前世は剣帝。今生クズ王子

Previous Life was Sword Emperor. This Life is Trash Prince.

著 アルト alto
Ill. 山椒魚

3

CHARACTER

## ラティファ

ディストブルグ王家に使えるメイド。
実はファイの前世の仲間・
ティアラでもある。

## フェリ・フォン・ユグスティヌ

ディストブルグ城のメイド長にして、
ファイ専属の
世話役を務めるエルフ。

## シュテン・ヘンゼ・ディストブルグ

ディストブルグ王国の第二王子。
足に障害を抱えており、
車椅子に乗っている。
ファイとは母が同じ。

## ファイ・ヘンゼ・ディストブルグ

主人公。ディストブルグ王国の第三王子。
〝クズ王子〟の悪名が轟いているが、
前世は〝剣帝〟と讃えられた剣士だった。

ドヴォルグ・
ツァーリッヒ
リィンツェル王国を
拠点とする豪商。
普段はあえて男性風の
偽名を名乗っている。
???
時折謎めいた雰囲気を見せる、
ドヴォルグの
護衛を務める少年。

# 第一話　シュテン・ヘンゼ・ディストブルグ

ファイがリィンツェル王国から帰還して、約一ヶ月が過ぎた頃。

曙光(しょこう)が差し込む日(ひ)の出時(でどき)。そんな早朝に、一人の少年の部屋へと、一風変わった足音が迫る。それは、ゴリゴリという重量感のある、床を擦(こす)るような音であった。

心なしか秒を経る毎に急(せ)いていくその音は、ふと気づけば、こんな朝早くから、ある部屋のドアの前に立つ一人のメイド——フェリ・フォン・ユグスティヌのすぐ側へと迫っていた。

「……？」

特別耳聡(みみざと)い彼女は、すぐにそれを察知すると、その正体を探るべく音のする方へと目を向けて——

「…………！」

瞠目(どうもく)。

ドアの向こうで就寝しているであろう人物がいなければ、思わず声が出ていた程に驚愕し、大きく見開いた目は動揺を隠せないでいる。

「ひゃはは」

ゴリゴリと音を立てる車椅子を、メイドに押してもらって近づいてきていた一人の男は、良いものが見られたとばかりに破顔。

笑い声の主は、薄い唇の端を限界まで引き上げながら目を細め、少しだけ独特な引き笑いをする。

「久しぶりじゃん。フェリ・フォン・ユグスティヌ」

どこか、誰かの面影のある相貌。

フェリとしては久しく顔を合わせる機会に恵まれていなかったものの、眼前にいるのは、彼女が心の底から敬意を持って接する、数少ない人の中の一人。

故に、半ば反射的にこうべを垂れていた。

「……お身体の具合は、大丈夫ですか？」

「この通り。お陰様で、問題なく出歩けるくらいには良くなってる」

口角を吊り上げたまま、男は悪戯心丸出しのあくどい笑みをドアへと向ける。

そのドアの先にあるものこそが、彼がこの場にやってきた理由であり、目的であった。

「ところで、おれの愚弟の部屋はここでよかったかな」

「はい。ですが——」

連日の疲れが恐らくまだ残っているので——

フェリがそう弁護しようとするも、男は容赦なくその言葉を遮り、背後のメイドに「ここまででいいよ」と口にする。

相手の都合を気にしないというより、怒っているような、楽しんでいるような。何にせよ、フェリの言葉に耳を傾ける気は微塵もない様子であった。

「その棒っ切れ。貸してもらえる？」

男はそう言って、フェリが腰にさす一本の剣に目をやる。

棒切れと言われ、何の事かとフェリは一瞬戸惑うも、一直線に剣に向いている視線で、その疑問はすぐに霧散した。

「で、ですが……」

仕える相手からの大事な預かりものであるだけに、言われた通りにする事を躊躇うフェリに対し、男はそんな事は知らないと言わんばかりの気のいい笑みを浮かべている。

快活に笑いながら、大丈夫、大丈夫と連呼。

「薬だけ渡しておいて、ろくに見舞いにも来ないお兄ちゃん不孝のアホを叩き起こすだけだよ」

男は既にドアノブに手をかけており、空いた右の手を急き立てるように小さく上下に振って、棒切れと呼んだ剣を求めた。

「メイド長。どうか、お願いします」

続いて、車椅子を押していたメイドも懇願する。

「……しかし」

そう言われても。

と、なおも渋るフェリであったが、ダメだと一蹴する事はできなかった。

フェリにとっては何より、男の立場がマズい。

彼こそが、ディストブルグ王国に五人しか存在しない、王家直系の——

その事実がある限り、彼女は男の要求を無下にできるはずがなかった……故の、妥協案。

「……私が危険と判断した際には、手を出させて頂きます。それでよろしければ」

「相変わらずお堅いなあ？　ただの兄弟のじゃれ合いだよ。それに——」

男は再び破顔。

引き続き、ひゃは、と特徴的な笑みを浮かべながら、言う。

「その心配は心外だなあ？　これでも、おれ以上にアイツらを愛してるヤツはいないと思ってんだけどねぇ。この行為もいわば一種の愛のカタチ。これ以上なく愛してるからこそ、だよ。好きの反対は無関心。そんな言葉を聞いた事はねえかな？」

「……お変わりないですね」

フェリが口にした言葉には、どことなく呆れが含まれていて。

だけれど言われた当の本人はといえば、今更だとばかりに笑うだけ。これ以上何を言っても無駄であると、否応なく思い知らされる。

「あははは!!　ま、おれは誰よりも死に近かったから、だろうねえ。こんな思考回路を抱いちまった理由はさあ。明日にでも死ぬかもしれない。だからその時その時の愛を容赦なくぶつけてやるんだよ。だからこそ言おうか。おれはアイツらを愛してる。これは愛のカタチ。よし、そうと決まれば叩き起こす!!」

そう言うが早いか、フェリから鞘に収められた剣を受け取り、支離滅裂で手前勝手な暴論を吐き散らしながら、男は扉をバンッと勢いよく押し開けた。

ドアの先に広がる部屋には、飾られた新しい七輪の彼岸花（ひがんばな）を、椅子に座ってジッと小さく笑いながら眺める一人のメイドがいた。そして、窓越しに差し込む光を遮るように毛布を引っ張った結果か、丸く包まれた物体が一つ、ベッドの上に出来上がっていた。

「お久しぶりです。殿下」

この部屋の主人の世話役であるメイド——ラティファは、扉越しに誰がいるのかを察していたのか、部屋に入ってきた男にかけた声の調子は落ち着いている。

「お、いつぞやのメイドじゃん。ファイ（コイツ）の側（そば）はどうよ。心地いいか?」

「はい。これ以上なく」

「そうか、そうか。後悔だけはねえようにな」

二人が既知の関係だった事に加え、自分が把握していなかったやり取りがあったらしい事に、フェリはまた、驚いてしまう。

驚愕を表情に貼り付けるフェリに対し、彼女が何が言いたいのかを見て取った男は、いかにもおかしそうに話す。

「いや、な？　何年前だったか。コイツがおれに頼みに来てさあ。内容は……まあ言わねえけど、おれはそこに愛を感じてねえ。邪念もなかったし、配属をちょちょーっと弄らせてもらったってわけよ」

話題の渦中にあるラティファはといえば、てへ、と右の人差し指を頬に当て、あざと可愛く首を傾げて顔を綻ばせていた。

「フェリ・フォン・ユグスティヌも、うじうじしてねえでさっさと一歩踏み出しておけよ。コイツを見習ってさあ」

なぁ？と男が同調を求めると、ノリが良いのか、ラティファもそうですとばかりに深々と頷く。

「……どういう、事でしょう」

「どういう事、じゃねえ。おれが言いてえのは、愛をぶつけとけって話だよ。恋愛だけじゃなく、愛には色んなカタチがある。いざという時に後悔しねえように、愛はぶつけとけって事」

お前ら、付き合い長い割にすっげー淡白なんだろ？　どうせ今も変わらず。

と、細められた目が口程に物を言う。

誰よりも愛を是とし、肯定する男だからこそ、その言葉は相応の説得力を孕んでいた。

「なんなら、おれが背中押してやろうか？」

「……お戯れを」

「分かってねえなあ。おれがわざわざこうして言ってんのも、アンタにゃ色々とディストブルグ王家が世話になってるからなのにさあ」

頑(かたく)なに欲求を認めようとせずさらけ出しもしない相手に辟易(へきえき)しながらも、彼女が誰よりもディストブルグに尽くしてきた事を知るからこそ、男のお節介(せっかい)は続く。

「記憶ってのは宝だ。んで、思い出ってのは財産だ。一生手元に残る唯一無二のモノってわけ」

そして時に思い出は何よりも己を蝕(むしば)む毒となり得る、と男は言う。

死期が迫った人間が無闇に他人の記憶に残れば、その人の重しにしかならない。そう断じたからこそ、男は今まで弟と距離を取っていただけで、誰よりも日々を、生を、思い出を大事に想っている人間である。

だからこそ言う。

「人ってもんは、そりゃあもう、簡単に死ぬ生き物なんだからさあ」

特に――

「ディストブルグ王家は代々戦人(いくさびと)の家系。愚弟の噂はおれも耳にしたけど、そんなファイ(コイツ)だって明日には死んじまうかもしれない。その時になって、アンタは後悔しないか？」

「それは……ッ」

「ひゃはは、言葉に詰まるのがその証拠じゃん。良い事を聞けたんじゃねえの。明日に活かせよ、フェリ・フォン・ユグスティヌ？」

やはり、色々な意味でこのお方は苦手だ、と。

複雑な表情を浮かべながら、フェリは胸中で嘆息をした。

誰よりも死に近かった者だからこそ、誰よりも後悔しない生き方を模索し続けている。

その果てに辿り着いたのが、愛。

……相変わらず難しい事を仰るお方だ、とフェリは一瞬だけ人知れず眉根を寄せる。

「さぁて。尽くす事だけが幸せだと思い込んでるバカなメイドにガツンと言ってやれた事だし、狸寝入りを決め込んでるそこの愚弟を起こすとするかね!!」

その言葉と同時に、毛布に包まった丸い物体に、その場にいる全員の視線が向けられた。

「…………」

なんつー気まずい話を人の部屋でしてるんだ。

途中から目を覚ました俺は、狸寝入りをかましながら脱出する機会をうかがっていたのだが、今の発言で全てがおじゃんになった。

しかし、これは根比べである。

俺が狸寝入りをしているという証拠はない。想像でモノを言ってる可能性は大いにある。それに、ここで「ご、ごめんねー」と謝りでもすれば、何故かこいつらが俺の部屋で話し始めた為にたまたま起きてしまっただけの俺が、無実の罪を着せられる羽目になる。

つまり、今は無言を貫くに限るというわけだ。

「ほんと、病気に苦しむ病弱なお兄ちゃんを放っておいて二人のメイドと仲を深めるだなんて、お兄ちゃんはガッカリだよ。取り敢えず、憂さ晴らしに一発殴っていいか？」

こんな言葉に続いて、ゴホゴホとわざとらしく咳き込む音が聞こえてくる。

虚弱を装ってても最後の言葉がまるで合ってねえよ！と思わず叫びたくなるも、これは罠だ、反応すれば相手の思うツボだ、とすんでのところで己を制する。

「……チッ。強情なヤツめ。やっぱ言葉の脅し程度じゃダメか」

車椅子を動かしたのか、ゴリゴリと特徴的な音がした。

これは……何かマズい気がする。

不意に働いた危機察知能力を信じ、俺は慌ててその場から離れようとして――

「オラあああああ！！！」

「うおおおおおお！！？」

ゴロゴロゴローッと包まっていた毛布ごと勢いよくベッドから転がり落ち、ガンッと壁に当たって、痛々しい硬質な音が響いた。

流石にもう狸寝入りで逃れる事はできないと判断した俺は、毛布をはねのけて怒り心頭に発しながら立ち上がる。

「マジで殴るアホがどこにいんだよ⁉　ベッド折れてんじゃねえか‼　殺す気か！！！」

ついさっきまで俺がいた場所には剣が振り下ろされ、ベッドの骨組みが痛々しいまでに折れ曲がっており、その威力の容赦のなさがうかがえた。間違っても兄弟に対する仕打ちではない。

「おーおー。元気そうで何より。お兄ちゃん相手に狸寝入りで誤魔化せると思うなよ。お前にゃ一〇〇年早えよ」

悪びれる様子もなく、楽しそうに破顔する兄を見据えながら、俺は叫んだ。

「だからってこれは幾ら何でもやり過ぎだろ!!　てか俺はちゃんとグレリア兄上と一緒に見舞いに行っただろうが!!」

「あー、いや、その、あの時はもういいって言ったんだけど……なんというか、寂しくなったと言うか。一言で言うと気が変わった」

この理不尽でしかない言葉に対し、握りこぶしを作るだけにとどまった俺は、聖人か何かだろう。はっきり言って讃(たた)えられていいと思う。

兄弟仲はそれほど悪くはない。

ただ、グレリア兄上と俺との関係を基準とするならば、仲が良いとは言えないと思う。

あまり接する機会に恵まれなかった兄。それが目の前の男に対して、俺が抱く感想だった。

「だからよ、ちょっと構ってくれよファイ」

ぺろりと小さく舌を覗かせながら、手でお願いポーズを取る兄に、俺は苛立(いらだ)ちを覚えながら、

「嫌に決まってんだろ!!　シュテン!!」

少し前まで床に臥せっていたもう一人の兄の名を、呼んだ。

## 第二話　囮大作戦

「……おいおい、ちょっとくらいは悩んでくれてもいいんじゃねえの？　お兄ちゃん、ちょっと傷ついたかも……」

「嘘つけ」

　どこか悲しげな響きが混じっていたシュテンの声に対し、俺は逆に白けたように言葉を吐き捨てて容赦なく一刀両断。

「うわー、この渾身のショボくれ顔を、遂にはファイも信じてくれなくなったのかよ……これが巷で噂の時の残酷さってやつかぁ」

　床に臥せっている事が多かったシュテンだからこそ。

　ショボくれ顔や嘘泣きなどの落ち込んだ表情を偽るのが、シュテンの一種の特技というか、趣味というか、癖というか、そのくらいしか楽しみがなかったというか。

　何かにつけてそんな手で人の反応を楽しむ彼に三〇回程騙された辺りで、俺も信用しなくなり、こうして冷え切った態度を取るようになっていた。

「また、心にもない事を」

悪戯っぽく揺れるシュテンの瞳を見つめながら、俺は小さく笑った。

シュテンがこうして人の反応を楽しむのは、どちらかといえば本心をさらけ出さない為という意味合いがあるような、そんな気がする。

人の感情に注意を向けさせる事で、己の感情に意識が向けられないように……どこまでも想像でしかなかったが、シュテンからはどことなく俺と同じ匂いがした。

だからか、からかわれた事に対して、怒りより笑いが先行してしまう。

「そう言いながらもちゃんと相手してくれるところ、おれは大好きだぜ？　グレリアなんて今はもう相手にもしてくれねえからな。同じ兄弟でもどえらい違いだ」

それは全面的にアンタが悪いだろうが、と言おうか迷ったけれど、それでこの面倒臭い性格が直るのならとっくの昔に直っているはずだ。無駄を悟り、口に出さずに終える。

「ところで、どうせファイは暇だろ？　ちっとばかしおれの用事に付き合ってくんない？」

「……生憎と、午後六時までびっしりと予定が詰まってる」

「おーおー、暇か。そうかそうか。それは良かった。で、なんだけどよ――」

「人の話聞けよ！！！」

こちらの話に一切耳を傾ける気のないシュテンに怒鳴り散らすも、その側ではフェリが呆れたような視線を俺にジッと向けてきていて、反射的に目を逸らす。

「そんな予定知りませんけど」と無言で訴えてくるその視線に、反論できる気がしなかったからだ。

戦略的な逃げの一手である。

だから仕方ないのだ。そう、仕方がない。

「いやいや、これ結構真面目な話でな？　聞くだけならタダだし聞くだけ聞いとけって」

「……ん」

打って変わって下手に出る雰囲気で口にされた言葉に、思わず耳を傾ける。

そして、それなら、と俺が腰を落ち着けようとすると——

「ま、聞いたらもう逃がさねえけど」

「帰る。俺帰るわ」

そんな雰囲気は数秒と経たずに霧散した。

いつもの如く窓に手をかけようとする俺を、「殿下の部屋はここですよ」と苦笑いしながらラティファが宥めてくる。それを分かってるんなら俺の睡眠の邪魔をするシュテンを追い出してくれよ、と思うが、先の会話からしてラティファは買収済みなのだろう。

不思議な事に、彼女は俺付きのメイドのはずなのに、こちらの味方についてくれる様子は常の通りこれっぽっちもなかった。

「まあ待てってて。ファイも無関係な話じゃねえよ、これ？　ファイも知ってるだろ、うちの親父さまが襲われたって話は。身に覚えがあるだろ？」

それは一ヶ月も前の話だ。

出先のリィンツェル王国からディストブルグ王国に帰る途中。

ディストブルグの人間が慌てた様子で駆け寄ってきて、グレリア兄上に一通の書簡を手渡した。

その内容こそが、今しがたシュテンが話題にした事柄。国王フィリプ・ヘンゼ・ディストブルグが、何者かに襲われたという一報であった。

とはいえ――

「勿論知ってる。だけど当の本人はぴんぴんしてたぞ」

慌てて帰ってきたものの、いざ顔を見に行ってみれば、襲われたはずの人間は難しい顔をしながら机に向かって政務をこなしていた。

てっきり重傷でも負って寝込んでいるのではと考えてしまっていた分、拍子抜けもいいところであった。

「ひゃはは、そりゃそうだわなぁ……今は腑抜けてっけど、ひと昔前は親父さまもそれなりに戦えたらしいぜ？　グレリアは心配性だから仕方ねえけど、別に書簡に傷を負ったとか書いてなかっただろ？」

思い返してみれば、確かに。

記憶を辿ってみると、シュテンに言われた通り、傷については書かれていなかった。

「どうせ、ファイ達の身を案じた親父さまが、早く帰ってくるように仕向けたんだろうよ。まぁ、親心ってやつだな。責めてやるなよ？　これも愛なんだからさあ」

はいはい、と聞き流す。

何も知らない人間からすれば薄情な反応にも思えるかもしれないが、愛を語り出すと長くなるシュテンの癖は、ディストブルグの人間にとって共通認識である。

「で、残念な事に親父さまを襲った不届き者は逃げ果せたらしい。が、おれはまだソイツがディストブルグにいると睨んでるのよ」

「まあ、襲うくらいだし、一度ダメだったからってのこのこ帰るわけもないか……」

「そゆこと。んで、特筆すべき理由としては、やっぱりお前とおれという存在なんだよなぁ」

訳知り顔で笑うシュテン。

それに反して、俺の脳内は疑問符で埋め尽くされていた。

「……父上が襲われた時、俺はリィンツェルにいたんだが」

だから、父上が襲われた理由に俺は関係ないんじゃないか、そもそもなんで俺が出てくるんだ、と言外に尋ねると、シュテンの顔は目に見えて喜色を深めた。

「確かに、当初の理由とは全く関係ねえ。だけどよ？　案外おれらの価値ってのは高いんだぜ？」

急遽ターゲットを変更して滞在期間を延ばした、なんて事もあるだろ？

そう、シュテンは可能性を示唆する。

「あー……」

脳裏をよぎったのは、リィンツェルでの出来事。

サーデンス王国の介入によって、俺が〝英雄〟であると広く認識されてしまった。

もし仮に、父上を襲った痴れ者が、父上単体ではなくディストブルグそのものに悪影響を及ぼそうとする輩であったならば。〝英雄〟の立場を得た俺を殺そうと試みるのも十分にあり得る。

言われて漸くその事実に気づかされた俺は、つい間延びした返事をしてしまった。

「あくまでおれの予想なんだが――」

こんな前置きの後、シュテンは続ける。

「今回の件、帝国が絡んでる気がするんだよな」

そう言葉にした直後、予期せぬ場所から声が飛んできた。

「それは……それだけは、あり得ません……ッ!!」

「珍しい人が食いついたじゃん」

発声元を辿り、俺は肩越しに振り返る。

そこにいたのは言わずもがな、メイド長――フェリ・フォン・ユグスティヌ。

「……帝国とは、前国王が平和協定を締結しています。それに、亡くなられた王妃様は帝国の元王女殿下です。ですので、それだけはあり得るはずがないのです」

「そういや、フェリ・フォン・ユグスティヌはじーさんの代から仕え始めたんだっけ」

俺が生まれて間もなく死んでしまった、王妃である母上。生みの親であるというのに、母親と認識するより先にいなくなってしまった彼女の事を、俺はあまり知らない。

「なら尚更、ずっと続く条約なんてものはねえって、理解してると思うんだが」

「それ、は……」

「ま、信じたくない気持ちは分かる。あの協定は前王であるじーさんが苦労して取り付けたモノだって聞いてるし。今はまだ親父さまと情報共有しながら探ってる段階だから断言する気はないけど、おれの予想としては七、三で帝国が黒だ」

どちらが七で、どちらが三か。そんなのはシュテンの態度から一目瞭然である。

そして、重苦しい空気が場に張り詰めた。

――――が。

数秒の間を挟んだ後、そんな空気を破らんとばかりに、「むむむ！」という緊張感のない声が部屋に響いた。

「私も帝国の噂を少し聞いた事がありますが、要するに、ディストブルグが最近力を持ってきたからちょっと王様でも殺って混乱させちまおう！　みたいな事ですね！」

「そうそうそう！　でも親父さまにゃもっとお国の為に働いてもらわなきゃいけないわけよ。おれらに負担が回ってきちまうしな。そゆわけで、ぱぱーっと逃げ果せた不届き者を始末しちゃいたいと思っててさあ。ここで漸く話が繋がるわけ」

どうですか？　私の理解力は!!　と、ドヤ顔を決めるラティファだったが、うざったさがどうにも鼻について仕方がなかったので、俺は「あっそ」と軽くあしらった。

「で、だ」

また、俺に視線が向けられる。

おいおいおい、と。

この流れはもしかして？

いつものアレですか？

と、嫌な予感を覚えながら、俺はゆっくりと後退。

やっと睡眠パラダイスな生活を送れると思った矢先に面倒臭い話を持ってくるだなんてふざけんな、と毒づきながら、お馴染みの窓に再接近。

「おれと一緒にソイツを始末する為に――」

シュテンが言い終わるより早く行動に移るべく、余計なリソースを割くまいと俺は真っ先に思考に蓋をする。

その間、〇・五秒。

振り返り、窓に手をかけるまでに〇・七秒。

鍵を開けるのに更に〇・三秒。

窓枠に手を掛け、縁に足を乗せようとして――

ガシリ、と。

見覚えのあるメイドに身体をロックされるのに一秒、といった具合である。ふざけんな。

「……おいこら」

自分でもびっくりする程ドスの利いた声が出た。

最早その展開は既視感しかなく、腹の底から沸々と何かが滾る感覚すらある。

「も、申し訳、ありません……!!　で、ですが!!」

傍から見れば心底申し訳なさそうな表情のようにも思えるラティファが、言い訳がましく言葉を並べる。

が、俺の身体を逃すまいとガシリと拘束するその力は何故か超強い。

おかしいだろ……絶対おかしいからなこれ……

「恩をかけられれば狗でも報うと言います……義を守らぬは、人に非ず!!　私はこの恩に背を向けるわけにはいかないのです……!!」

よよよ、とまるで被害者のように目頭を押さえるラティファ。何か高尚な言葉を述べてはいたが、俺の耳が確かならば、つまりこのクソメイドは、仕える人間を裏切る事になろうとも己の配属を弄ってくれたシュテンに手を貸すと言っているのだ。

「…………」

よくもまぁ義だの人だのとほざけたもんだなぁ、と俺は絶句する。

あまりに破茶滅茶な言い訳だったからか。

毎度のように裏切るからか。

怒りで言葉が上手く出てきてくれなかった。

「作戦名は囮大作戦！　勿論、おれとファイが餌役だな」

逃げ損じた俺に向けて、楽しそうにそう言ってのけるシュテン。よくよく見てみれば、シュテンとラティファがお互いに小さくサムズアップしており、やっぱりこいつらグルかよと思うと同時、一周回ってどうしてか怒りが消え、頭がクリアになる。

「ふぅ……」

俺はため息を吐きながら天井を仰ぐ。

そして悟ったように一言。

「そろそろ隠し扉でも作ろうかな」

偽らざる俺の本音であった。

## 第三話　帝国の血

それから数分後。

朝食を食べに行くから身支度をしろとのシュテンの言葉に従い、着替えを済ませてから、護衛と従者を兼ねるフェリを伴って三人で城を出る。

行き先は貴族街。貴族御用達の店や華美な住宅が立ち並ぶ一帯だ。

警備も相応に厳重なものとなっており、足の悪いシュテンが大勢の護衛なしで外出するのをフェリが容認したのは、それが理由の一つであった。

「おれのわがままを聞いてもらって悪いな。城だと、誰が聞いてるか分からなくてよ」

やってきたのは、とあるレストラン。

むしろ高級な宿屋の一室と言い表すのが適当に思える上等過ぎる個室の中に入って、漸くシュテンは口を開いた。

「なぁ、ファイ」

テーブル越しに顔を見ながら、シュテンが俺の名を呼ぶ。

「なんでおれが出しゃばってきたか、分かるかよ?」

病み上がりのシュテンが、半ば強引に話し合いの場を設けた理由。

その理由は既に俺の部屋で聞いている。

だから、なんでまた聞いてくるんだと、思わず俺の眉間に皺が寄った。

「帝国が絡んでるから。って言ってただろうが」

「ああ、それで間違っちゃいない。が、案外と事態は深刻でな」

お前なら分かるよな、とばかりに意味深な視線を、シュテンはフェリに向ける。

すると、彼女は気まずそうに視線を逸らした。

その反応がどこまでも予想通りで、満足のいくものであったからか、シュテンはひゃははと口角を歪める。

「具体的に言うと、今回の件はおれらの血筋が一番の問題となってくる」

話の核心に迫るであろう言葉。

だが、そこまで言われて尚、俺はその意味を理解できなかった。

「血筋……？」

黙々と意味を模索する俺であったが、どれだけ頭を捻ろうとも答えに辿り着けず。思わず、声に出してしまう。

そんな俺を見兼ねてか、シュテンは更に言葉を噛み砕き、

「応よ。この、帝国の血が入ったおれらの存在が、一番問題なんだよ」

そう、口にした。

「なぁ、ファイ」

シュテンがまた、俺の名を呼ぶ。

「お前の今の立場はなんだ？　ただのクズ王子か？　ちげえだろ？」

その言葉が、お前は〝英雄〟と呼ばれる人間だろう？と、否応なしに己の立場を自覚させてくる。

始めはただの噂として広まっていた〝クズ王子〟の〝英雄〟説。だがそれは、アフィリス王国で

の出来事の詳細が紐解いていかれる程に、真実味を増していった。

もとより、事件以降の一部兵士達の俺に対する態度の急変など、裏付ける要素は少なからず存在していた。

「…………」

「もし仮に、親父さまが死んだとして、この国はどうなる？　ディストブルグは、どうなると思う？」

「それは、兄上が」

「ちげえんだ。ファイ」

兄上が、ディストブルグを治める事になる。

そう言い終わる前に、シュテンが言葉を遮った。

「まず間違いなく、穏便に戴冠式とはいかねえだろうよ。何故なら、お前を担ぐ連中が出てくるからだ」

「……俺を？」

「帝国は年々その領土を広げてる。他国にとってそれは脅威に映る。そしておれらにはその帝国の血が流れてる。今はまだ大丈夫だろうが、いつか、お前を担げば帝国での地位を約束する、なんて唆される貴族が出てくるかもしれねえ。連中がどう転ぶかは分からん。人なんて、そんなもんだからな」

……帝国の王女だった母上。俺は、生みの親である彼女の事をあまり知らない。

その出自すら、ついさっきまで知らなかった。

「ファイだってグレリアと殺し合いをしたくはねえだろ？」

「当たり前だ」

「だからこの場を設けさせてもらった。おれだって捻くれた愚弟とくそまじめな愚兄が殺し合う姿なんて見たかねえんだ。どっちも、たまにおれを心配して見舞いに来るような優しいやつらだからよ」

過去を想起したのか、少しだけシュテンがはにかむ。

「ファイがやるべき事は二つ」

右手の人差し指と中指を見せつけるように立てながら、シュテンは言葉を続ける。

「まず一つ目は、今回の騒動を収めた上で、親父さま及びグレリアの忠臣である事を示す事」

野心は一切ないと諸国に見せつけ、担ごうとする連中を抑える。

もしくは。

「だがまあ？　ファイが王になりたいと言うなら、話は変わってくるけどな」

少し悪人じみた笑みを浮かべながら、返答はいかに？とばかりにシュテンは首を曲げた。

「一応、ここに選択肢を持ってきてはおいた。どうよ？　ファイは王に、なりたいか？」

懐から取り出された一通の書簡に一瞬だけ目が向くも、俺はかぶりを振ってその選択肢を拒絶する。

「俺は王になんて向いてないし、なりたくもない。平和に日々を過ごせれば、それでいい。守りたい相手を守れさえするなら、俺はそれでいい」

「だよ、な。お前は、そういうヤツだよな」

そう言って、シュテンがすすす、とテーブルの上を擦るように、少し厚く膨らんだその書簡を俺の手元へと押し出した。

「これ、アフィリスのレリック王からの書簡。あと王女さまからの手紙も入ってんぜ」

俺は書簡を手に取り、差出人を確認するべく裏返す。

Dear ファイ・ヘンゼ・ディストブルグ
From レリック・ツヴァイ・アフィリス

そこには確かに、知った名前が刻まれていた。

「アフィリスでの戦争の後、ファイがリィンツェルに赴いた翌日辺りに、お前宛に届いてよ」

テーブルに頬杖をつきながら、シュテンは嬉しそうに一言。

「随分と、愛されてんじゃん」

今ここでは読むまいと書簡を懐に収めようとする俺に、シュテンが微笑む。

「親父さま宛に来た書簡には、帝国の血が流れるファイの扱いに困った時はいつでもアフィリスが引き取る、と書かれてたらしいぜ」

「……全く、あの人だけは」

歳の離れた叔父のような存在のしたり顔が脳裏をよぎる。お節介が過ぎる、そう思わざるを得なかった。

「その割に、随分と嬉しそうじゃねえの？」

「……気のせいだ」

「ひゃはは、んな隠すもんじゃあるめえし、そこは素直に嬉しいって言っとけよ」

和(なご)む空気。

それが少し名残惜(なごりお)しくはあったが、シュテンが話を戻す。

「でも、それならおれの一つ目の心配は杞憂(きゆう)になりそうだな」

「一つ目？」

まだ他にもあるかのような言い方が引っかかり、つい尋ねてしまう。

「ん。まあ二つ目も多分大丈夫だろうけど、聞いとかねえといざという時に後悔するからさあ」

シュテンはいつになく真剣な表情で、ジッと俺を見据えながら、

「ファイは、人を殺せるか？」

そう口にした。

「シュテン王子殿下ッ―――!!」

まるで、これから人を殺す事を前提とした言い方。

彼の言葉に対し、誰よりも過剰に、誰よりも早く、割れんばかりの怒号で反応したのは、フェリであった。

俺が剣を嫌っていた事を、シュテンは知っている。

けれど、その理由までは知っているはずがなかった。

だからこそ、今の質問をしたのだろう。

今後、誰かを殺さなければならない機会が必ず来ると想定して。

けどそれは、フェリにとって到底看過できるものではなかった。これまでの関わり合いの中で、彼女は俺が『死』に対して何らかの人並み外れた感情を抱いている事を知っていた。

故の、怒り。

「黙ってろ、フェリ・フォン・ユグスティヌ。これはお前の問題じゃねえよ。ファイの問題だ。仮に今回の騒動が帝国によるものだったなら、どう転がろうと始末はファイがつけなきゃいけねえんだ。二心（ふたごころ）はないと下手人の首を以（もっ）て証明する必要がある。お前ならそれくらい分かるだろ?」

「ですが――ッ!!」

できる事なら剣を握りたくないと言う人間に、剣を握らせ、あまつさえ殺しをさせる。

確かに、今後の事を考えれば、その行為が必要になってくるのかもしれない。

しかし、それはその事態に直面してしまった時でいいではないですか。そう言わんばかりに目を剥くフェリであったが、

「そうする事で、グレリア兄上に迷惑がかからなくなるのなら、俺は喜んで殺してやるさ。別に、殺しなんて今更だ。アフィリスで散々殺してるしな」

強引に俺が二人の間に割って入り、彼女を制した。

それに——

「シュテンはふざけたヤツだけど、誰よりも家族想いだって事は知ってる。こんな事を言う理由だってどうせ、愛、なんだろ？」

「ひゃはは、分かったような口利いてんじゃねえよ。お前は愛を語るにゃまだ早え」

……相変わらず、回りくどい事をしやがって、と。

そう思い、胸中で嘆息する。

「で、俺がやるべきあと一つの事ってのは？」

「あと一つはなぁ……もう既に実践してもらってるし、今の様子を見る限り大丈夫そうだわ」

「はぁ？」

俺とフェリを交互に見比べながら、どこか安堵した表情を見せるシュテン。

「いや、な？　帝国の方針の一つに、異種族の排他ってのがあってな」

〝異種族〟と言われ、はっと気づく。

「いつか、おれらに流れる帝国の血が争いの火種になるんじゃないかと睨んで、親父さまは常日頃から一種の枷としてフェリ・フォン・ユグスティヌをお前に伴わせてたらしいが……」

想定以上らしいな、とシュテンは面白おかしそうに笑った。

言われてみれば、アフィリスの時からそうだった。

幾ら彼女が実力者といえど、護衛なら恐らくフェリ以上に適任がいただろう。近衛だって付いてきていた。

だというのに、アフィリスで然り、リィンツェル然り。どこへ行くにも俺の隣には常にフェリがいた。

たまたまだと思い込んでいたけれど、それが人為的なものであったのだと言われれば、その通りに違いないと納得がいく。

「一応言っておくが、これは親父さまと、先代のじーさんの意向だ。フェリ・フォン・ユグスティヌの意思は一切介入してねえ」

だけど、その事実をわざわざバラす事もなかっただろうに、とも思ってしまう。そうしたところで、例えば俺とフェリの間がぎこちなくなるなどのデメリットはあり得るが、一方でメリットは何一つないはずだ。

なのにあえてそうした理由はきっと――

「グレリアに頼まれてな。やっぱり家族には可能な限り隠し事はしたくねえってさ」

事の始まり。

アフィリスに行くにあたり、フェリの有能ぶりを俺に教えてくれたグレリア兄上がやはり絡んでいたか、と想像が確信に変わる。

「アイツも、相当な律儀者（りちぎもの）だよな」

シュテンがそっと言う。

きっと、これにはリィンツェルでの出来事が関係している。

グレリア兄上の都合に巻き込まれ、隠し続けていた〝影剣（スパーダ）〟を使わざるを得ない状況に陥らせてしまった俺に対する、兄なりの謝罪なのだろう。

だとしても、律儀過ぎると言わざるを得ない。

もしくは、この話をバラしたところで、もう俺とフェリの関係は崩れようがない確固たるものに変わっていると判断したからなのか。

恐らく両方だろうな、と。

ここにはいない兄を想い、仕方がないとばかりに俺は微かに笑む。

「で、なんだが。フェリ・フォン・ユグスティヌの事は嫌いか？」

「そんなわけ、ないだろ」

「なら、隣にそいつを置いておけ。帝国への挑発になるし、それにアイツらは異種族には特に容赦がねえ。ファイは〝英雄〟なんだろ？　臣下の一人くらい、守ってやれよ」

人をからかう癖さえ除けば、出来た兄なのに。

親愛の感情を含ませた瞳で、目の前の兄を見据える。

「言われなくとも、そのつもりだっての」

その返事が、彼にとって満足のいくものだったのか。

堅苦しい話はここまでにして飯にするか、と言ってシュテンがメニューを手に取った、その刹那(せつな)。

耳をつんざくような爆発音が轟(とどろ)き、遅れて辺りが揺れ動いた。

## 第四話　病状

「────ッ」

身体は、半ば反射的に動いていた。

魂(たましい)の芯にまで染み込んだ危機察知能力により、爆発があったのだと理解するや否や臨戦態勢に入った俺は、まず〝影剣(スパーダ)〟を一瞬で創造し、その柄を握りしめた。

近辺の影からも一本、二本と剣先が覗き、いつ何があろうと対処できるように備える。

「でん、かっ!!」

そんな俺と同様にフェリも襲撃に備えながら、名前を呼んで注意喚起をしてくる。

次いで、個室という閉じ込められた現状はマズイと判断し、俺達はドアへと向かおうとするも、その行動を引き留める声がかかる。

「まあ待てって」

余裕綽々(しゃくしゃく)といった声の元は、車椅子に乗ったシュテン・ヘンゼ・ディストブルグだった。

誰よりも焦燥していておかしくない立場にあるにもかかわらず、愉快そうに場違いな笑みを貼り付けるその姿はどこか不気味で。だけれど、心を一切乱さない彼の態度は、根拠のない安堵(あんど)を俺達に与えてくれる。

「一見するとやばい状況にも思えるだろうが……」

爆発音は未だ鳴り止まず、刻々と、まるでこちらに向かっているかのように音が強く、濃くなっている。そんな音の響いてくる方に視線を巡らせ、

「そんなに慌てる必要はねえんだなこれが」

そう言って、シュテンは不敵に笑った。

「いい機会だし、まずおれがこんな状態になった理由から話すか」

僅かながら興味を示して〝影剣(スパーダ)〟に向けていた視線を、すぐに俺の方へと向け直し、言葉を続ける。

腰掛けている車椅子をバシバシと軽く叩くので、『こんな状態』という言葉が何を示すのかは、

すぐに理解できた。

「人の身体には『魔素』ってーもんを取り込む器官が存在する。その器官はため込んだ『魔素』を『魔力』に変換し、そしてそれを放出する事で魔法が扱えるようになる、ってのは知ってるよな？」

「……あぁ」

俺は魔力の仕組みについての知識が皆無な上、今は周囲の警戒に注意を向けているので、つい空返事をしてしまう。

かといってシュテンもそんな俺の態度に不満はないようで、怒る様子は微塵もなかった。むしろそれが当然と思っているような口ぶりである。

「その器官は通常、『魔素』をある一定量ため込むと自動的にそれ以上取り込むのを止める仕組みになってる。ため込む事ができる限界量ってもんがあるからだ。その限界が、世間で言われる魔力量ってやつよ。そして魔法を扱って失われた分は、またゆっくりと補充される。まあ、基本はその繰り返しだな」

……よくよく聞いてみれば、その話には聞き覚えがあった。

ひたすらに剣を拒んでいた俺を見かねて、父上やグレリア兄上、フェリ、ラティファ、レリックさんなどなど色んな人が、剣が嫌なら魔法はどうだろうかと、似たような説明をしてくれたからだ。

頭の隅っこに、その記憶はまだ残っていた。

だけれど、俺は魔法を扱えなかった。

誰しもが口を揃えて言う魔力の感覚というものが、全くと言っていい程に分からなかったのだ……〝影剣〟を魔法と定義するならば別だが。

「ただ、おれだけがその常識に当てはまらなかった」

笑いながらそう話すシュテンとは対照的に、フェリは苦虫を噛み潰したような表情で俯いていた。

「既にため込んだ量にかかわらず、常時『魔素』を取り込んじまう体質のせいで、身体に異変が起きてな。急に発作が起きたり気絶したりと、まあ色々あったわけ」

寝たきりで歩く事もできない時期も長かったから、足はこの通り衰えちまったと、シュテンはまた笑う。

「だが、そのおかげで魔力量は相当なもんらしくてな？」

そうしてどこからともなく一枚のカードを取り出して、「見てろよ」と言いながら無造作にソレを宙に放る。

ひらひらと舞い落ちながら表裏が忙しなく入れ替わるカード。

表は白紙。

そして、裏には幾何学模様が刻み込まれており――

「〝拒絶する歪み〟」

床に着くと同時、カードは霧散。

シュテンの言葉と共に、白銀の魔法陣が足下いっぱいに大きく広がった。

「これは……」

唖然とするフェリが面白くて仕方がないのか、シュテンの口の端は堪えきれないというように吊り上がっている。

「知ってるかファイ!?　過剰なレベルで魔力を放出すれば、辺りに歪みが生まれるって事をよ!?」

俺達の周りの景色だけが歪み、陽炎のように揺らめく世界が視界を覆う。

先程から次第に広がっていた爆発音は、ついにすぐそこにまで訪れ、壁だったもの、そしてドアだったものが膨張し、爆ぜると思われたその瞬間——

「この歪みは！　万物一切を呑み込む！！！」

しかし瓦礫や爆風、爆炎といったものが襲ってくる事はなく、シュテンの言葉の通り、歪みが全てを呑み込み尽くす。

「ひゃはは、グレリアのアホが、弟に良いところを見せつけられたっていじけてたからな？　折角だし、おれが頼れる兄の姿ってヤツを見せてやる」

爆発の影響で煙が立ち込める中、壊れた壁の向こうから不明瞭な何かが急速に飛来。

しかしそれすらも、歪みは難なく呑み込んだ。

「多少の攻撃じゃビクともしねえって……ん？」

己らを守るように展開された歪みに絶対の信頼を置いているのか、シュテンの言葉には自信が乗せられている。

だから、そこに疑問を抱いた理由は、歪み自体についてではなく――歪みの向こう。

今しがた飛び道具か何かをこちらに飛来させたであろう下手人の胸から生える、一本の〝影剣（スパーダ）〟に対してであった。

「……なるほどなあ」

俺が握る〝影剣（スパーダ）〟とソレを見比べ、シュテンは得心した様子を見せる。

だが、その表情はすぐに変わっていった。

原因は、目の前で起きた出来事。

突如として、〝影剣（スパーダ）〟に貫かれていた人間の姿形が次第に透けていき、ついにはまるで始めからそこに誰もいなかったかのように消え失せたからだ。

「……おいおい、あいつ幽霊か何かかよ」

「いや、違う」

あまりに摩訶不思議（まかふしぎ）な出来事につい漏れたシュテンの発言を、俺は即座に否定。こういったケースには覚えがあった。

〝影縛り（スパーダ）〟の能力は、その場に影を縛り付ける事。いわば、存在を縛り付けるに等しい。

それには強い強制力が働き、仮に実体のないモノに〝影縛り（スパーダ）〟が使われた場合。

その強制力に耐え切れず、例外なく溶けて霧散する。

つまり今のは――

「あれはきっと実体じゃない何かだ。なら、術者は近くにはいないだろうな」

好き勝手に爆破する場所に、本体がおめおめと足を運ぶとは到底思えない。十中八九、今回は様子見なのだろう。

相手は爆破一つでこちらの手札を何枚も掻っ攫った。

〝影剣〟然り、シュテンの魔法然り。

不用心過ぎたかと自責しつつ、たとえこちらの出方を知られようが〝影剣〟はどうこうできるものでもないか、と結局は楽観的思考に落ち着く。

何故なら、〝影剣〟に斬れないものはないのだから。

胸中で人知れず不敵に笑いながら、現状を把握するべく、俺は視線を周囲に向ける。

「場所も……悪い」

ここは、貴族街。下手に追撃に出て貴族達を巻き込むわけにもいかない。

「加えて、シュテンは足が悪い。取り敢えず、ここでやり過ごすか」

車椅子では、どう考えても満足に動き回れるはずがない。

本人は強がっているが、車椅子ではどうしても視線が低くなってしまう。危険に気づけない事は多いはずだ。

俺の本分は守る事。

守れさえすればそれで良い。

シュテンが言っていた『囮大作戦』も、言ってしまえば二の次なのだ。

だから、俺はこの場にとどまる事を選択した。

「そうですね」

シュテンはその判断が不服そうではあったが、フェリも同意した事で、多数決的には二対一。

数の不利を悟ってか、あえて内心を言葉にする事はないものの、張り切っていただけにどこか不完全燃焼な面持ちのシュテンであった。


それから待つ事数分。

爆発も止み、一向に襲い掛かってくる気配もない。

一度城に戻った方が良いんじゃないか、そう言おうとしたところで、声が聞こえてくる。

何事だ？　爆発音を聞きつけた近隣住人の声に紛れて、若干の焦燥を孕んだ言葉が。

「や、やべっ、出方が分かんねえ……」

依然として空間の歪みは残っている。

気持ち控えめに、気恥ずかしそうにぽりぽりと頭を掻くシュテン。兄の威厳云々を意気揚々と語った面影は既に消え失せていた。

「え、えっと、その、多分、夜までには消える、かなあ？　なんちゃって」

困り顔でこちらの表情をうかがいながら、猫なで声で言うシュテン。だが、どれだけ申し訳なさそうにしても、俺とフェリは返答しない。

完全に、呆れていた。

「おい、ちょ、なんか言えよファイ！　この際フェリ・フォン・ユグスティヌでもいいからさあ！」

一縷の望みを懸けてか懇願じみた視線を向けてくるが、それにも見て見ぬ振りを通す。

本音を言うと、普段人をからかってばかりのシュテンが困っている姿というのは、珍しいというか。

見ていてちょっと面白かった。

「………」

しかし、そんな嘆きもすぐにやむ。無駄だと悟ったのだろう。

テンパる頭をフル回転させ、シュテンは次手を考えるも、得てしてそんなタイミングでは良いアイデアが浮かばないもので。

結局、彼が辿り着いた結論は至極簡単。

「ゆ、許せねえ!!　あの爆発魔だけは絶対に許せねえ!!　おれらをこんな所に閉じ込めやがって……！！」

責任転嫁であった。

「おれも全身全霊であいつら取っ捕まえるの手伝うからさあ！　この恨みを晴らそうぜ!!　な？な？」

そう言って、シュテンはまだ見ぬ襲撃者に責任を全てなすりつける。

しかし、咄嗟に考えた苦し紛れの言い訳が通用するわけもなく。俺達はひたすら、呆れ混じりの視線を現状を作り出した張本人に向けるのだった。


俺達が帰宅できたのは、日も暮れた午後六時頃。

料理が並ぶ食卓では、事の顛末を全て聞き及んでいたのか、青筋を浮かべた父上が待っており——今は特に慎重に行動しなくてはいけない時であるというのに、どうにも今回は全てシュテンの独断であったようで、小さな雷が落ちたのは言うまでもなかった。

## 第五話　夢

父上から盛大に怒鳴られ、自室謹慎の沙汰を言い渡されたその夜。

俺はいつものように夢を、見ていた。

長い、長い夢の始まり。

今の俺の根幹に据えられた想いを育んでいた頃の記憶。どこまでも遼遠で美しく、それでいてどこまでも厳しく、悲しく、残酷な夢の世界。

自分を惑わす明晰夢に、俺は身体を埋めていた。

『なぁ、＊＊＊！』

誰かが俺を呼ぶ。

いつも決まって、名前の部分だけは少しノイズがかかっていて、上手く聞き取れない。でも、俺に向かって話しかけているという事は分かる。

このやり取りは、既に何百回と行ってきたから。

『なにー？』

〝異形〟と呼ばれる怪物を生み出した原因である〝黒の行商〟を打倒する為に共に旅をする家族に向けて、いつも通り、間延びした返事をする。

肩越しに振り向いた先には、見覚えのある顔。

俺がなによりも大切に想っていた家族の一人——黒髪の男が、ニヤニヤと悪い笑みを浮かべてこちらを見つめていた。

『ちょっと進んだ先に街を見つけたんだ。でも、そこがどうにも訳ありでさ。一緒に偵察に向かわないか？』

『訳あり？』

『そ。遠目に確認しただけだけど、恐らくそこは〝死んだ街〟だ』

〝死んだ街〟。

俺達は、ある現象に侵された街の事をそう称す。

『……〝黒の行商〟は？』

『いや、もういないな。見たところ散々に荒らされてる。もうどこかに移動したと考えていい』

〝黒の行商〟とはその名の通り、黒い装束に身を包んだ商人。〝死んだ街〟は、彼らに荒らされた街の総称だった。

その荒らし方はタチが悪く、中からじわじわと食い荒らす白蟻（しろあり）のような真似をする。

詳細は不明な部分も多いが、基本的に彼らは何かの薬を売りつけ、それを街に侵透させる。

そうして、その街は段々と〝死んだ街〟と化すのだ。

薬に侵された者は、はじめは薬がもたらす快楽に溺れて自我を失い、最終的に異形の怪物へと変化を遂げてしまう。いつだったか、俺の先生は、その〝黒の行商〟を殺す事だけを目的に生きている、と言っていた。

『なら向かう意味はないと思うけど』

『バカだなぁ＊＊＊は。仮にも〝死んだ街〟だろ？　なら、〝黒の行商〟に関する手掛かりの一つや二つ、あっても不思議じゃない。だから向かう事には意味がある』

ない。

『でもな……』

この時の俺は特に、誰よりも弱いという実感があった。先生はおろか、誰にも勝ったためしがない。

時折こうして誘われる事はあっても、自分が足手纏(あしでまと)いになると分かっているから、先生からの誘いでない限り、すんなり首を縦に振った事は一度としてなかった。

だから今回も、歯切れの悪い返事をしてしまう。

『まぁ、安心してくれ。何も俺達二人で行くなんて言ってないだろ？』

『他にも誰かが？』

『応とも！　アイツだアイツ』

そう言って黒髪の男が指差した先から、ゆっくりとした足取りで向かってきたのは、

『よう』

煙管(キセル)を吹かす一人の男性。

特徴的なドレッドヘアの男。

俺の知る中で、最強の幻術使い。

『道理で、あんたの匂いがすると思った』

煙管を吹かす人間は、このドレッドヘアの男くらいしか俺は知らない。

しかし、この男が煙管(キセル)を吹かしているのは意味あっての行為だった。だから、匂いで判断される

や否や、

『おいコラ、鼻に頼ってんじゃねえよ』

俺の発言を責め立てるように、ドレッドヘアの男は不服そうな表情を浮かべた。そして何故か、背後から『おらっ』というドレッドヘアの男の声が聞こえた。

次いで膝に衝撃が伝わった。

目の前にはまだドレッドヘアの男の姿があるというのに、どうしてか俺の背後から、俗に言う膝カックンを得意げに決めている。

……コイツ、幻術使いやがったな。

と毒づきながら、俺は後ろに倒れる事になった。

『目を信用すんな。鼻を信用すんな。耳さえも信用すんな。場数によって培われた勘だけを信頼しやがれ。それが無理なら、ひたすら全方位に警戒向けとけって言っただろ、アホ＊＊＊』

常識的に考えれば、特徴的な匂いを身体に染み込ませていては、折角の幻術がバレる危険がつきまとってしまう。しかし、この男はそんな考えすらも逆手に取り、あえて煙管を吹かしている。いやむしろ、相手がその考えに辿り着いた時に生まれる油断を利用する前提で動いているのだ。

だからドレッドヘアの男は常に言う。

五感に頼り過ぎるな、と。

『い、今のはたまたまだからいいんだよ！』

すんでのところで両手を地面につき、顔面と地面との衝突を避けた俺は、親の敵でも見るような鋭い眼光を向けるも、当の本人はそれを柳に風と受け流す。

それどころか、はぁぁと深いため息を漏らした。

『そのたままで、人は死ぬぜ？　お前は自分を生かしてくれた人間の為に生きるんだろ？　強くなりてえんだろ？　なら、言い訳してんじゃねえよ』

『うぐっ』

『自分の無力さを実感したんなら、しっかりと後日、アイツに絞られとけや』

そう言って突き放すのかと思えば、俺のもとへと歩み寄り、膝をついていた俺の側にしゃがみこんだ。

『ま、＊＊＊が出し抜かれ続けんのも、俺が強過ぎるのが悪ぃんだけどな？　くはははは！！！』

あえて近くに来て高笑いするあたり、性格の悪さが滲み出ていると思う。きっとコイツはろくな死に方をしないな、うん。と改めて再確認した。

『……う、うわぁ出たよ、毎度お馴染みの自信過剰。先生には手も足も出ないくせにさ』

『う、うっせえ!!　アイツは例外だ！　例外！　それに、自信はあった方が良いんだよ！』

それが苦し紛れの言い訳のように聞こえ、その真偽を確かめたくて、俺は黒髪の男にどうなの？と視線を送る。

『まあ、ないよりはマシだね。傲慢と自信の意味を履き違えてさえなければ、＊＊＊も持っておくべきかも』

『……マジか』

『ほら見てみろ。俺の考えは間違ってねえだろ？　お？　お？』

これでもまだ何か言えんのかよ、と、ドレッドヘアの男はあからさまに大人げもなく煽ってきたが――

『だってさ』

『でも、コイツの場合は自信過剰。真似なくていいよ』

『何、途中で裏切ってんだてめえ！！！　ブン殴るぞ！！！』

今度は俺が、ざまあみろとばかりに得意げな顔を見せる。だが。

『でも、＊＊＊は自信がなさ過ぎるかも』

『うっ……』

『ほら見たことか!!　俺の言う事はそこそこ正しいんだよボケ!!』

『うん、マジでそこそこレベルでは正しいと思う』

『オイ、てめえマジで喧嘩売ってんだろ!?　＊＊＊と一緒に幻術ハメんぞゴラ!!』

見慣れた光景。

場を支配する、和気藹々と言っていい空気。

時折、途轍もなく鬱陶しいと思う時もあるけれど、こういうやり取りがどうしようもなく面白くて。楽しくて。先生達と一緒に過ごす時間が掛け替えのないもので。

ふと気づけば、俺の頬は小さく緩んでいた。

『でも、自信を持てって言われても、どんな自信を持てばいいのか全く分かんない』

『そりゃ、自信持つもんなんざ各々の血統技能に決まってんだろ』

何を当たり前の事を、という風にドレッドヘアの男が言う。

『でも俺の血統技能は先生達に手も足も出ないんだけど……』

『はっ。んな事は関係ねえよ。自信なんて持ったもん勝ちなんだから。確かにキッカケがあって初めて自信を持てるってヤツは多いだろうが、それは絶対じゃねえ。そして時に自信は己の力に変わる』

だから自信は持っておけと、彼は言い切る。

誰よりも自信家である彼だからこそ、言葉に説得力があった。

『そう、だな……』

それでも尚、少し悩んでしまう。

すると、彼の視線は俺の腰付近。

〝影剣〟に向けられていた。

『＊＊＊の血統技能は剣だろ？』

『うん』

『なら、全てを斬り裂く自信ってのはどうだ』

『全てを、斬り裂く自信……』

言葉を反芻しながら、俺も、〝影剣〟に目をやる。

影から剣を創造する血統技能。

どうせならと、先生に教えてもらっていた剣技。

様々な事が、脳裏をよぎる。

『そ。全てを斬り裂く自信だ。たとえ何だろうと、必ず斬り裂いてみせる自信。俺の血統技能に斬れねえもんはねえ、なんて謳っちまえば完璧だな』

『うわ、なんか恥ずかしいんだけどそれ』

『そりゃ＊＊＊は防がれてばっかだからな。俺の血統技能に斬れねえもんはねえええええ!! って叫んでおいて防がれちゃそりゃ確かに恥ずかしいわ』

『なんで防がれる前提なんだよ!! それに、そういう意味じゃねえし！！！』

慌てて弁明。

だが、それが必死過ぎたか、ドレッドヘアの男はお腹を抱えて、くはは！と哄笑を響かせる。

『分かってる、分かってる。んな必死になんなくとも分かってるっての。でも、自信はやっぱ必要だな。指針としてもそうだが、＊＊＊は恐れ過ぎだ』

『…………』

恐れ過ぎ。

その言葉が指す意味を、俺は誰よりも把握していた。

この身は生かされた命。

だからこそ、失う事を誰より恐れていた。魂レベルで恐れを刻み込まれていた。

大切な命を目の前で一度失い、先生達（みんな）に拾われた俺は、その一度がどこまでも尾を引いている。

諦念が、無意識のうちに邪念として剣に入り込んでいるのだ。

また、目の前で誰かが死んでしまうかもしれないと。

そして、生かされた身であるからこそ死ねない。

今の俺は、義務感だけで生きている。

そんな剣が、何もかもを斬り裂けるはずがない。

そう看破していたドレッドヘアの男は、あえて俺に言わせる事にしたんだろう。強くなる為には、きっとそれが一番効果的だと考えて。


『よし、決めた』

ふと、思いついたかのように言ったドレッドヘアの男が、ニヤリとあくどい笑みを浮かべた。

『＊＊＊が俺に勝つその日が来るまで！　俺の剣に斬れねえもんはねえと言い続ける事！！　恥ずかしい思いをしたくなかったらさっさと強くなりやがれ!!』

『はぁ!?　ちょ、待てよ!!　俺だけとか不公平だろ！！！』

『じゃあ俺も＊＊＊に負ける日が来るまでなんか言ってやる！　これでおあいこだ！』

『あんたは恥ずかしいと思ってねえだろうが!!』

『あーあー！　聞こえねえー!!　さ、そんな事より偵察行くぞ!!　ここからダッシュな？　最後のやつは罰ゲーム！！！　よーい！』

ドンッ！

言葉と共に、三人で悪態をつきながらも駆け出した。

そんな、掛け替えのない当たり前の日々が、きっと、いつまでも続くのだと、この時の俺はどこかで思っていた。

結果は俺のぼろ負け。

罰ゲームとして、先生達(みんな)の前で先程の自信の件を誓わされる羽目になったのだが、珍しく、そのシーンが訪れるより先に、俺は目を覚ました。

◆◆◆

まだ、辺りは夜闇(やあん)に包まれている。

シンと静まり返った暗い自室。

そうして寝た記憶はなかったのに、どうしてか、手には〝影剣(スパーダ)〟が握られていた。

「気をつけろ、って事か」

きっとそれは、いつでも不測の事態に対応できるようにしておけ、という、あの特徴的な髪型をした男からのメッセージなのかな、と。

どうしてか、そう思ってしまった。

「守らないとな」

もう二度と、あんな思いはしたくないから。

燃え盛る業火の中、一人進んでいく先生の姿を幻視する。

その後ろ姿はどこまでも儚（はかな）くて。

「誰も殺させない。邪魔をするヤツは、斬り殺す」

かつては、人を殺す事に躊躇いを抱いていた。誓いを再確認する事で、心の中に残っていたかもしれない躊躇いを殺す。

たとえ立ちふさがる者が誰だろうと。

どれだけ強い者だろうと。

「〝影剣（スパーダ）〟に、斬れないものはねえ」

そう言って、手にしていた〝影剣（スパーダ）〟を振り上げ、振り下ろす。

そんな動作をしてから、〝影剣（スパーダ）〟を大切に側に置いた。

月明かりが眩（まぶ）しい幽（かす）かな夜だった。

## 第六話　寂寥感（せきりょうかん）

「……まったく、どこへ行ってたんですか殿下」

夜更けにこっそりと窓から自室を抜け出していた俺に向けて、フェリが呆れ混じりに言葉を投げかけてきた。

貴方は謹慎中の身なんですよ、と言わんばかりの、どこか少しだけ威圧的な視線だった。

「しかも、剣まで持って」

存在感をこれでもかと示す影色の剣、俺の左手の中にある〝影剣（スパーダ）〟に目をやり、フェリの責めるような視線は更に鋭さを増す。

「……散歩に行ってた」

「そうですか。今日は随分と、早起きなさったんですね」

時刻は、朝の五時前。

今日は訳あってラティファは不在であるが、基本的にラティファとフェリが俺の部屋に赴いてくるのが、大体いつも五時過ぎ。

それに間に合う絶妙な時間を狙って帰ってきた事が彼女の怒りを助長させてしまったのだと、嫌味の含まれた言葉で嫌でも分かってしまう。

これは下手を打ったな、と思わざるを得なかった。

「まぁ、な」

つい歯切れの悪い返事をしてしまう。

実際、一〇対〇で俺が悪い。その罪悪感を自覚していたからか、つい、視線を下にして逸らしてしまった。

「……はぁ」

フェリは疲労が滲んだ表情で、ため息を一度。

「外に出るのなら、誰かを連れて行くか、書き置きの一つくらい残してください」

その様に、出来の悪い子供を叱る母親を幻視してしまう。

「どこに行ったんだろうって、心配したんですよ」

「……悪かった」

「今後は、気をつけて頂けると助かります」

なにせ、トラブルに巻き込まれた次の日だ。

バレなきゃいいだろ。なんて軽い気持ちで外出したが、フェリからしてみれば気が気でなかったはずだ。

言われて初めてそう気づいて、自責をする。

「で、散歩はどうでした？　収穫はあったんですか？」

やっぱり、外出した理由はバレてるよなあ、と苦笑いしながら左右に一度首を振る。

俺が一人で外を出歩けば向こうが何らかのアクションを起こしてくれるのでは、なんて浅い考えは、やはり彼女の前では丸裸であった。

「いいや、何もなかった……時間帯がダメだったのかもな」

「普通、一度襲われた人間がこんな時間に一人歩きをするなんて誰も考え付きません」

「だよなあ」

駄目元だったとはいえ、結果として本当に残念な結果に終わったのだから、まさに骨折り損のくたびれもうけ。

今となっては、どうしてあの時間帯に出掛けてみようとしたのか、我ながら少しだけ疑問にさえ思えてしまう。

「ところで、殿下はいつ頃お目覚めに？」

「起きたのは多分……二時くらいだった気がする」

「二時、ですか」

フェリはそう言って、俺の部屋に設（しつら）えられた木造りの時計に目をやる。短針は5を指しており、長針はもう少しで12に差し掛かろうかといった具合。

そんな折。

ぐうぅぅ。と、お腹の鳴る音が盛大に部屋に響いた。

出どころは勿論、珍しくも早起きをして散歩に出かけた俺のお腹。

ちょっとだけ驚いた表情を見せてから、仕方がないなとばかりにすぐに顔を綻ばせ、フェリが口を開く。

「少し早い気もしますが、朝食にしましょうか」

慣れない事はするもんじゃないなと。

改めて実感した。


向かった先は、城内にある、一〇〇人程度が入れる大きな食堂。

主に城勤めの者が使用する場所であるが、小腹が空いた時に俺もたまに使っていたりする、馴染み深い場所だ。

そこの厨房には鍵がかかっており、一部の者しか利用できないようになっている。

「料理人ではないので、簡単な物しか作れませんけど」

その『一部』に当てはまるフェリの自嘲めいた言葉から三〇分後。

厨房から出てきた彼女の手にある、少し大きめのバスケットには、湯気の立つパンが一〇切れ程度、載せられていた。

辺りは既に明るく、曙光が窓越しに部屋を照らし始めている。外では騎士が朝の鍛錬を始めており、ひと気が徐々に溢れてきていた。

「どうぞ、召し上がってください」

椅子に腰掛け、ジッと厨房を眺めていた俺に歩み寄ったフェリが、目の前のテーブルの上にバスケットを置く。

仄かなパンの香りが、辺りに漂う。

「じゃあ遠慮なく」

俺がはじめに手を伸ばしたのは、ネジのように巻かれた形状のパン。熱々のうちにとかぶり付けば、サクッと快音が鳴った。

「……ん。美味しい」

味わうように殊更ゆっくりと咀嚼をし、ゴクリと呑み込んでからありのままの感想を言うと、それを聞いたフェリは嬉しそうに頬を緩めた。

「フェリは？」

食べないのか、と。

俺が食べる様を見つめてくるフェリに向けて言う。

どう見ても、一人では食べきれない量だ。二人で食べる為に多く作ったのかと思えば、どうにも違うらしい。

「単に作り過ぎただけですので、私は――」

そう言ってフェリが遠慮しようとしたところに、俺はもう一つパンを手にとって、彼女の目の前に突き出した。

「一人で食べるのは寂しいから、フェリも付き合え」

「……えっと」

「それに、見つめられながらは食べにくい」

だからほら、とばかりにずいっとパンを更に突き出すと、漸く諦めてくれたのか。

小さく笑ってから「では失礼して」と言って、対面の席に彼女が座った。

「シュテンは、どうしてた？」

話を切り出す。

父上から一緒に説教をされて以降、顔を合わせていない兄について。

「知りたいですか？」

いかにも面白おかしそうなフェリ。

フェリがこういう顔をするという事は、きっと何か面白い事がシュテンの身に降りかかったんだろう。

より興味が湧き、パンを食べながら首肯する。

「病み上がりなのに無理をするな。ファイ殿下を巻き込むな、などとグレリア王子殿下に長時間怒られてたんです、あのお方は」

「あぁ……グレリア兄上ならやりそうだな」

「最後には、もう分かったから許してくれーって泣き言を言っちゃってましたからね」

確かにシュテンならそんな事を言いそうだなぁと、俺もフェリと一緒になって笑う。


そんなこんなで、二人でパンを食べながら更に数十分時間が経った頃。

それは、突然の出来事だった。

廊下と食堂を繋ぐドア二箇所から、ドアを乱暴に閉めたような、バタンという大きな音が聞こえてきた。

基本的に食堂は常時開いている。深夜に鍛錬する者や、夜に働く警護の者などの為だ。

加えて、中で何かがあった時に迅速な対応ができるように、誰かが中にいる場合はドアを開けておく事になっている。

それが破られた事に不審感を抱く。

そしてそれは、数秒と経たずに確信へと変わった。

見覚えのある、人を模（かたど）った黒い塊。

先日、〝影縛り（スパーダ）〟を使った途端に原型を保てず消え去ったあの分体と思しきソレが、俺達を囲むように現れた。何もない場所から突如出現した様子は、透明化でもしていたのかと思わせる。

「あの時の……!!」

フェリも気づいたようで、驚愕に声を上げる。

まさか、こんな場所で仕掛けてくるとはつゆ程も思わなかったんだろう。実際、俺も驚きを隠せなかった。

それでも感情を目に見えて表に出さなかったのは、きっと辺りの警戒に細心の注意を払っていたから。

加えて、驚く余裕すらもなかったからだ。

「数は、一五……随分と多いな」

フェリとの情報共有を兼ねてあえて口にする。

視認できただけでもこの数。

その時、声が聞こえたような気がした。

――目を信用すんな。鼻を信用すんな。耳さえも信用すんな。場数によって培われた勘だけを信頼しやがれ。

「ああ、分かってる。ちゃんと、分かってる」

腰に下げた〝影剣(スパーダ)〟に手を添えながら、場違いな笑みがつい、浮かんでしまうのを抑えきれない。

だけど、そうする間に黙考を始め、思考が巡る。

欠けていたピースが次々と嵌まっていくように、仮説が組み立てられていく。

どうして、シュテンがあんなに目立つ手段を採ったのか。

あえて見せびらかすように魔法を行使したのか。

あの兄の事だ。

きっと、全てに理由がある。

仮に、シュテンが己の価値を示して脅威と思わせた上で、たまたま自らが謹慎状態に陥ったこの期間が好機と、敵に俺を襲わせるように誘導したとしたら。

「……なるほどな」

あの兄なら、やりかねないと思ってしまう。

加えて、俺達が爆発に巻き込まれたタイミングも、城を出てそこまで時間は経っていなかった。

つまり、下手人は、ディストブルグ内部の人間である可能性が極めて高い。

となると、あぶり出すのに、相応の犠牲は必須。

「シュテンめ……」

やってくれるなと、思うと同時。

俺に「人を殺せるか」と言ったのは、お前に下手人を当てる、という意味を含んでいたのかと今になって理解し、相変わらず回りくど過ぎる、と内心で毒づく。

俺の考えた仮説が正解ならば、父上もグル。

説教の時間すらも、欺く(あざむ)為の布石だった可能性すら出てきた。

後で覚えてろよと思う一方で、俺の立てた仮説はどうしようもないくらいに胸にストンと落ちた。

「にしても……そうか。あんたか」

俺が〝英雄〟だという噂は、もう収拾がつかなくなる程に広まっている。それぞれの認識の程度に差はあれど、警戒するのは至極当然と言えた。

ただ、あの時の爆発は、徹底した遠距離攻撃。

近接戦闘に持っていく気が一切感じられないあの立ち回りは、まるで、俺が〝影剣（スパーダ）〟を、剣を、主として使うと知っていたかのようだった。

今日を除いて、ディストブルグ王国に帰ってきてから俺が〝影剣（スパーダ）〟を握ったのは、件（くだん）の爆発の時のみ。余人が〝影剣（スパーダ）〟を知る機会は一切なかったはず。

なのに、下手人は知っていた。

それ即ち、彼は国に戻る以前から、俺が〝影剣（スパーダ）〟を使う事を知っていたのに他ならない。

「嫌いじゃ、なかったんだけどな」

神経を集中させるや否や、俺は一つの気配を拾う。

ちょうど、ここから死角になる場所に、覚えのある気配を。

俺とシュテンの謹慎及び接触の禁止は、一日限り。

あえてそのタイミングを狙ってきた事を含め、結論は揺るがない。

「リィンツェルへの従軍は、俺かグレリア兄上の監視任務でも請け負っていたからか？」

足音が、ゆっくりと近づいてくる。

知った顔が、扉のすぐ側にあった死角から、現れる。

「なぁ」

そう言って俺は、続けるべき言葉を口にした。

「いつぞやの、騎士の男」

割と打ち解けていた、唯一の騎士を呼ぶ。

「俺も、嫌いじゃなかったんですがねえ。まぁ、そこらへんはご想像にお任せしますよ」

殿下、と。

リィンツェルで一緒に釣りをした時と全く変わらない調子で、彼は俺の名を呼ぶ。

ただ、少し、言葉に寂寥感がこもっているように感じたのはきっと、気のせいではないんだろう。

## 第七話　違和感

「殿下。俺と取引を、する気はありませんか?」

「……この状況で、か?」

「この状況だからに決まってるでしょうに」

ぐるりと首を、視線を巡らせて、現状を再確認。

得体の知れない分体と思しき黒いナニカが俺を囲い、プレッシャーがこれでもかと、今も放たれ続けている。

取引と言うより、脅しと言った方が適切と思えるこの状況。

故に俺はそう、尋ね返していた。

「俺からの要求は一つ……殿下、帝国へ身を寄せては頂けませんか」

俺のよく知るへらへらとした表情ではない、いつになく真剣味を帯びた様子で、騎士の男はそう言ってくる。

冗談の類ではないのだと察する事は、難しくない。

「勿論、見返りも用意させてもらってます」

取引と言っただけあって、こうして脅しをかけるような場を作っておきながら一方的な要求ではない事に、僅かに驚きはするものの。別段、後に続くであろう言葉に俺が興味を抱く事はなかった。

だから、逆に白けたようにふ、と表情を消し、代わりに明らかにそうと分かる嘲弄を顔に貼り付けた。

そして、相手を嘲るように嗤う。

「ふは、は、はははっ」

「……殿、下？」

隣のフェリが俺を心配してか、声を上げる。

急に笑い出した俺が悪いが、これでも至って正気である。

「見返り。見返り……見返り、か」

言葉を反芻(はんすう)する中で、相手が言ってきそうな言葉が次々と頭に浮かんでくる。

この身には帝国の血が流れている。

シュテンはそう言っていた。

きっと、その通りなんだろう。

この取引とやらもそれが関係している気もするが、それでも。

「たとえどれだけ、見返りが良いものだとしても。俺が首を縦に振ることは絶対にねえよ」

目に見えて、騎士の男の顔が歪んだ。

でも俺は、構わず言葉を続ける。

「そもそも、俺は全てに興味がないんだ。王位だろうが、今のこの地位だろうが、女性だろうが、名誉だろうが」

多少の拘(こだわ)りくらいなら持ってるけどな、と〝影剣(スパーダ)〟に手を当てて付け加える。

「……じゃあどうして、ここに殿下はいるんで？」

確かに、今の俺の言葉は矛盾しているだろう。

興味がないなら、何もかも全て捨ててしまえばいい。きっと、その選択肢が一番生きやすい。

騎士の男もそう指摘したのだ。

「さぁなと言いたいが、それじゃああんたは納得しないだろ？」

そう言いながら、俺は椅子から立ち上がった。

「ただ、本音を言うなら俺も分かんねえ。どうしてここに留まっていたいか、なんて事はさ」

事の始まりは、アフィリスだ。

あの時はまだ、逃げる事ができたはずだった。

嫌だからと逃げ出す事もできたのに、俺はどうしてかそれをしなかった。

堕落した日々が恋しいのならば、他にもやりようがあっただろうに、俺はあろう事か、剣を握るという選択肢を掴み取ってしまった。

現状維持を、自ら選んだのだ。

「でも、そんな俺から一つ言える事は、恩だけはあるんだ。フェリ達(コイツら)には」

昔から俺は、それはさぞ気味の悪い子供だったと思う。子供らしさなんてものは全くなくて、剣を振り、武を示す事が誉(ほま)れとされるこの世界で、異様なまでに剣を嫌悪していたのが俺だ。

だけど、そんな俺にひたすら構い続けたお人好しを、俺は何人も知っている。

世界の色は、灰色だった。

見える景色は、荒れ果てた何もない荒野だった。

今もまだ、過去に囚われ続けているけれど、前に進めるようにしてくれたのが、他でもないフェイリ達（コイツら）だ。

もし、これが他の誰かであれば。

きっとこうして今、〝影剣（スパーダ）〟を持つ事はなかったんじゃないかと思う。

いや、そう断言できる。

「……一時の感情の為に、帝国を敵に回すと？　得られたはずの地位を捨てると？　助かる命を、無為に捨てるんですかアンタは？」

「捨てられるさ。こんな命でよければくれてやる。が、そう易々と渡す気はないがな。それに、人を守って死ぬなら本望だよ。間違っても無為じゃねえ。最高に、格好いい死に様（しざま）だろうが」

騎士の男は、俺を案じているんだろう。

嫌いでないと言ったその言葉は、本心なのだろう。

だけれど……そもそも俺という人間を、目の前の騎士は何も理解しちゃいない。

たとえどれだけ裕福な生活が待っていようが。

楽で、楽しい人生が待っていようとも。

俺は願い下げであった。

死すべき場所で死ぬべき道を喪（うしな）い。

たった一人だけ生かされ、孤独に気が触れ、死に逃げるしかなかった惨（みじ）めな人間の思考回路を、
彼は全く理解できていない。

「分かってねえ。殿下、あんたは分かってねえ!!　帝国がどんな所なのか！　あんたらは知らねえだろうが、戦力差だって歴然だ!!」

騎士の男の怒気にあてられ、辺りに緊張が走る。

「命さえあれば！　後から幾らでも修正は効く！！！　だから――」

「残念ながら、命があったところで修正は効かねえよ。生き延びたところで、待ってるのは果てない後悔の連鎖だ。自責に押しつぶされる毎日だ」

始めは優位に立っていたはずの騎士の男がどうしてか、焦燥感をあらわにするように声を荒らげている。

腰に下げた剣に添えていた彼の手は、少しだけ震えていた。

俺という存在をどこまでも理解できない彼は、恐れを抱いているのだろう。

「俺が望むのは、これまで通りの平和な日々だ。ディストブルグで過ごす、変わらない日常を、俺は望む。馬鹿やったり、引きずられたり、怒られたりする、そんな日々を。もう、一人ぼっちは十分過ぎるくらいに味わった。大事な人を失うのはもう、懲り懲り(こりごり)なんだ」

俺はゆっくりとした足取りで、騎士の男の視線からフェリを庇(かば)うように移動する。

そうして、俺の考えを、はっきりと言う。

「交渉は、決裂。どうする？　俺を殺すか？　半殺しにでもして無理矢理連れて行くか？」

「……っ」

苦虫を噛み潰したような表情で、騎士の男は下唇を噛みしめる。

「……殿下。あんた、間違いなく狂ってますぜ」

「狂ってる、か」

前世では、終ぞ縁のない言葉だった。

普通ならば不快に思うだろう言葉だが、俺にとっては褒め言葉だ。何故なら、俺が目指した先であり、指針となっていた者達と同じ言葉で揶揄される事は、幸福以外の何物でもないのだから。

「悪いがそれは」

神経を集中。

意識して全身に血を巡らせるように、昔の感覚を思い起こす。

リィンツェルの孤島での一戦、ヴェルナーを相手にした時と同じように、〝影剣〟に身を委ねた。

次いで黒い靄に似たものが俺の全身を覆うように纏わりつき、ビキリと身体が少しだけ造り変わる悲鳴が、頭の中に響き渡る。

「俺にとっちゃ、褒め言葉でしかねえよ」

そう言い切った瞬間。

——〝影剣〟

心の中で剣の名を呼ぶと同時。

グサリという音を幻聴してしまうような現象が、視界一帯に広がった。

「……な——ッ⁉」

分体は、〝影剣〟の拘束力に耐え切れず、次々と溶け、霧散を始める。

だが。

どうしてか、騎士の男の驚き具合がどこかわざとらしく感じた。

〝影剣〟の能力は、爆破の時に見ているはず。今回もただ数が増えただけで、こうも驚く程でもない。もし、そう反応する事で俺の油断を誘っているというのなら、話は別だが。

なまじこれまでも俺の戦いを見てきたからか、安心しきっていたフェリを無造作に抱き寄せ、この場からの離脱を試みる。

「殿、下……？　どうして——」

その先のフェリの言葉を遮る。

「勘でしかないが、嫌な予感がした。相手が帝国の人間なら尚更、警戒を怠るな」

異種族排他。

シュテンに教えてもらった、帝国の掲げる方針を思い出しながら、油断が見えるフェリを戒めた。

そして案の定。

俺達がいた場所が赤く、光る。

遅れて、ひどい爆発音が轟いた。

「随分と、視野が広ぇじゃねえですかッ！！！」

床を蹴る音と共に、爆発によって巻き上がった煙に紛れて騎士の男が肉薄。

血走った目でこちらを見据え、剣を抜いて迫ってくる男に応戦するように、こちらも〝影剣(スパーダ)〟を鞘から抜く。

斜め下から天をも斬り裂かんとばかりに振るわれた剣を、バックステップで回避。

視線を相手の影にやり、殺意を向けると同時。

騎士の男の身体を貫かんとばかりにそこから〝影剣(スパーダ)〟が這い出てくるも、相手は擦り傷を受けながらも後方に飛び退いた。

そしてまた、距離が生まれる。

追撃はしないが、代わりに背後から襲い来る分体を〝影剣(スパーダ)〟で確実に処理。

分体の攻撃はまたしても、フェリへ向けたものだった。

フェリに攻撃をする事で俺の油断を誘う。

それも立派な戦術だ。

帯剣していない彼女をまず狙うのも至極当然と言える。

だが、俺の頭の中は、なんとも言えない違和感で埋め尽くされていた。

騎士の男の剣に、殺す気は感じられない。

むしろ、気をひく為だけのもののように思える。

原理の分からない爆破に加え、姿を消したり現したりする分体は脅威だ。

けれどどうしてか、俺には直接的に牙を剥いてこない。言ってしまえば、まるでフェリを優先して狙っているような——

「……考え過ぎだと、いいんだが」

## 第八話　巫女（みこ）

お互いに、握りしめた剣を振るう。

強烈な踏み込みと共に放たれる一撃によって、生まれる火花。遅れて、ガキンッと打ちつける硬質な音がまた、辺り一帯に響き渡った。

……これで一体、何回目だろうか。

数十合と剣を合わせ、時間もそれなりに経過しているはずなのだが、外からの干渉は一切なかった。

これだけ騒がしくしていれば一人や二人、様子を見に来てもおかしくないんだが……

なんて思っていると、騎士の男が後方に大きく跳躍して距離を開けてから、訳知り顔で口を開いた。まるで俺の心境を見透かすかのように。

「どうして？って顔してますぜ、殿下」

無言で〝影剣〟を創造。

視線の先には、騎士の男から伸びる影。

恐るべき速度でその影から一本の剣が生えるも、これもまた致命傷になる事はなく、紙一重に躱された。

「うおっ！　……とっ、と。はは、危ねえ危ねえ」

ちっとも危なげなく避けておいて、そんな事をほざく。

少しばかりその余裕めいた態度に苛立ったものの、人というものは得てして得意になると口が軽くなる事を、俺は知っていた。

何か言いたげでもあったので、言い返す事も追撃を続ける事もなく、彼の言葉を待った。

「さっきの音、殿下にはただ扉が閉まった音にしか聞こえなかったかもしれねえですが、あれはちょっとした結界が展開した為に、開いていた扉が閉められたわけでして。まぁ、そこの精霊の民用にと渡されたブツなんで、そうそう壊れる事はねえでしょう」

耳を疑ってしまう騎士の男の言葉に、俺の思考が止まる。

彼の言葉の意味が全く理解できなかった。

空白が、俺の脳裏を埋め尽くす。

あんたの目的は、俺じゃないのか。

「……なんで、そこでフェリが出てくる」

「ははっ、やっぱり殿下は何も知らされてねえんですか……まあでも、その問いの答えにはすぐ辿り着くと思いますけどね。どうして俺がこうしてディストブルグにいたのか、を考えれば割とすぐに」

どうして、この男がディストブルグにいたのか。

そんな事を考えていると、以前、男が俺に言ってきた言葉が思い出された。

——剣の稽古(けいこ)なんて。これでも小隊の長を務める身。

小隊の長という立場。

それはきっと、剣の腕が立つからと安易に与えられるようなものではないはずだ。それに、騎士の男がディストブルグに来たのは、俺が剣を握るようになるよりもっと前。〝クズ王子〟と呼ばれながら、堕落した生活を送っていた頃だ。

帝国の血が流れる俺は堕落し、シュテンは寝たきり。スパイを送って警戒を続ける程かと聞かれれば、恐らくはたいていの者がそうではないと答えるだろう。俺が騎士の男の立場であったとしても、必要はないと断言していたはずだ。

じゃあどうして騎士の男は。

また、その疑問に戻ってくる。

「異種族排他。殿下も、そんな言葉をもう耳にしてるでしょう?」

「………」

言葉は、出てこなかった。

異種族排他。既にシュテンの口から聞いている。だが、それだけの理由でここまで大層な結界とやらを用意するだろうか。何年も潜入を続けさせるだろうか。そして、どうして騎士の男は、俺をディストブルグから引き離そうと試みたのか。

複雑に、物事が絡み合っていく。

頭が更に混乱していく。

「沈黙は、肯定と取らせてもらいますぜ。その精霊(エルフ)の民が、ただの異種族であれば話は簡単ですが、現実、そうじゃねえんです」

フェリを見据えながら、騎士の男は続ける。

「フォン。巫女の一族。その精霊(エルフ)の民は、かつて異種族全てを束ねた今は亡き大国の、巫女と呼ばれた一族の血筋」

数百年前に栄華を誇った異種族だけの大国。

その中心とも言えた一人の人物。

それが巫女。

「巫女の影響力は今も尚、軽視はできない。それが現皇帝の意向なんです。そして散り散りになっている異種族にも、〝英雄〟を殺せる強さの者はいる。だから、安易に〝巫女〟を殺す事はできねえんです。なんで、俺がこうしてディストブルグに潜入し、監視の任を請け負っていたっつーわけです」

フェリの顔が、歪む。

どうして、彼女が。精霊の民(エルフ)であるフェリが、こうしてディストブルグに仕えるようになったのか。

疑問に思った事も何度かはあったけれど、気にしないようにしていた。

だけど、その理由が少し分かったような。

異様なまでに王族に尽くそうとする理由が、分かったような気がした。

「殿下は身に染みて分かってるでしょう？　異種族の強さは。特に、サーデンス王国にある孤島。あそこの異種族は別格だったんじゃねえですか？」

「……よく、知ってるな」

一言で言えば、意外、だった。

あの孤島にいたヴェルナーを知っている事や、ヴェルナーが異種族だった事。俺の返答は、感情を隠しきれていなかった。

「帝国の情報網を、あんまナメない方がいいですぜ。それに近々、帝国は本気でディストブルグ(ココ)を潰しにかかります。ディストブルグは、それだけ危険視されてんです。殿下が帝国側(こっち)にいれば、ご家族くらいなら助けられるかもしれねえ。後悔しねえうちに、身を寄せてはいかがです？」

懲りもせずに、騎士の男は再度勧誘を続ける。

だけれど、俺の答えは変わらない。

「……くだらねえな。どうしようもないくらいに、くだらねえよ」

そう吐き捨てる。

俺は騎士の男に侮蔑（ぶべつ）の視線を向けながら、かぶりを振って言う。

「そもそもだ。後悔っつーもんをあんたは全く分かってねえ」

俺にとって後悔とは即ち、守れなかった事に対するものだ。自分の前世の死に様に対しても後悔はしていたが、それは結局、守れなかった事に対する延長線でしかない。

だから、間違っても後悔とは、自分が死ぬ事に対してではない。

誰かを守れず、己一人だけ生き残ってしまった事こそが、俺にとっての唯一の後悔。

「それに、俺は今まで一度たりとて人に言われて剣を振るった事はねえよ。要するに、帝国での場所を用意してやるから異種族排他に手を貸せ、ってとこだろ？　バカだろ？　あんたら」

嘲弄。

盛大に嘲り笑い、心からの侮蔑を投げつける。

「もう、数えきれないくらい人は斬った。理由は誰かを守る為。生きる為。理由に違いはあれど、俺にとっては確かに必要な殺しだった。だから、俺は斬り続けられた」

この意味が分かるか？と。

言葉として続けはしない。けれど、双眸を細め、相手の反応を待った。

「…………」

返答は、ない。

きっと、この世界でも理解はされないんだろう。

殺しに疑問を抱き続けた人殺しの言い訳なんざ。

「あんたは、俺を狂ってると言ったな。きっとそれは正しい。国を、人を想うなら、あんたの考えが一番正しい気もする。けど、それは誰かの犠牲の上で出来た安寧であるはずだ。さっきから聞いてれば、フェリをいつでも殺せる状況を作る上で俺が邪魔だ、とも聞こえるぞ？」

いつになく、言葉が止めどなく出てくる。溢れてくる。

きっと、その理由は怒っているから。

俺の生き方を否定するような事を求めてくる騎士の男に、腹を立てているから。

「俺はバカだから、正解なんてとても選べないんだ。大事なヤツが一人でも犠牲になる選択肢なら、迷わず切って捨てる。逆に、大勢が死ぬかもしれなくても大事なヤツが全員助かるなら迷わずそれを選ぶ。大切なヤツを殺して得た生に何の意味がある？　それなら、全員で死んだ方がマシだ。それは一人取り残されて悲しみに溺れるより、よほど恵まれてる」

誰かを見殺しにしてまで、生きる事を選んだのだとしたら。きっと過去の俺が。未来の俺が。その俺を殺しに向かうだろう。

　大切な者はもう、誰も死なせやしない。

　その考え方は、魂レベルで俺の行動原理に絡みついている。

「それに俺は、諸国に轟く〝グズ王子〟だ。〝グズ王子〟らしく、バカな選択肢を選ぶのも、悪くないと思わないか？　なぁ？」

　手にしていた〝影剣（スパーダ）〟の剣身が、妖しく輝く。

　まるで獲物を前にした肉食獣の眼光のように、妖しく。

「俺にとって、あんたは障害だ。なら、その障害を退ける事になんの躊躇いもない。俺は、自分の都合でのみ剣を振るう。誰かに言われて殺しをする気なんて更々ない」

　そう言って、話を切る。

　もう話す事はないと、俺は視線を騎士の男から〝影剣（スパーダ）〟へと移し、そのまま床に突き立てた。

　そして、一歩、二歩と後退。

　騎士の男はどういうつもりだとばかりに疑問符を顔に浮かべ、手から離れた〝影剣（スパーダ）〟を注視している。

　その思考の空白こそが、彼の間違い。

「死（ころ）せ――」

「……っ!!」

一瞬の出来事に、男は息をのむ。

俺の言葉と共に、己の影から、辺りの影から、剣の切っ先が生まれ、一斉に牙を剥いた。

影から射出されたように迫り来る〝影剣（スパーダ）〟を数回避けたところで、漸く騎士の男は気づく。

床に突き立てられた〝影剣（スパーダ）〟こそそのままであるが、肝心の俺の姿が、忽然（こつぜん）と消えてしまっている事に。

それは一種の視線誘導。ミスディレクション。

「どこに行っ――」

「バァカ」

急激な加速を終え、背後に回っていた俺の声が、騎士の男の鼓膜を揺らす。この手には新たな〝影剣（スパーダ）〟が創造されている。

騎士の男は声がした方へ振り向こうと試みるが、俺は既に剣を振り下ろすモーションに入っている。

もう遅い。

そうとしか思えないタイミングであったのに。

俺と騎士の男の間に割り入ってくる黒い影。

それは、彼が扱う分体であった。

「……ふはっ」

九死に一生、と言ったところか。

これにより、不意打ちに対応できるだけの間が生まれてしまった。迎撃態勢を整えられてしまった。

けれど——

「そんなもんで、〝影剣（スパーダ）〟を防ぎきれるとでも!?」

万物全てを斬り裂く心算（つもり）で、剣を振るう。

大気すらも、何もかもを斬り裂く一撃。

分体を斬り裂いた後、続いて響く重々しい音。

剣気に満ちた血走った眼光が交差。

十字に剣が接触し、カタカタとせめぎ合う音が軋（きし）み上がる。

そして拮抗状態を喜ぶかのように、俺は口角をニヤリとつり上げた。

その理由はすぐに、騎士の男も理解する。

「ゼロ距離——ッ！！！　〝斬撃（スパーダ）〟!!」

轟（ごう）!!

音を立てて、手にしていた〝影剣（スパーダ）〟から黒い何かが噴き上がる。

それは次第に三日月を模していき——

「全てを、斬り裂け」

黒い線が、目の前で走り抜けた。

## 第九話　バカなヤツ

「――はぁっ、はぁ、はぁ……」

ため込んでいた息を盛大に吐き出す音と、荒々しく肩で息をする音が鼓膜を揺らし、目の前でポタリと鮮血が滴り落ちた。

剣身半ばで折れた剣を片手に、仁王立ちするシルエットが一つ。身につけていた騎士鎧はひしゃげており、銀色だったそれは袈裟懸けに抉られて、身体から滲み出る赤が彩りを添えていた。

放っておけば、きっと勝手に死ぬだろう。

そう断言してしまえる程に、それは致命傷に見えた。

『ひと振り決殺』

言葉を口にする。

未だ闘志薄れない眼光を向けてくる騎士の男を見据えながら、俺はゆっくりとした足取りで歩み寄り、距離を詰めていく。

「これは、戒めの言葉」

先生に近づけるように。そんな想いで真似て口ずさんでいたから、あまり言葉本来の意味を意識した事はなかった。けれど、今はあえてこの言葉を、独りごつように口にする。

「剣を振るうと決めた相手には、どんな相手だろうが我を通せ。振るうと決めたのなら、きっとそれが確かな答えなのだから責任を持って、殺せ。一度振り上げた剣は、何があろうと振り下ろせ……迷いと同情は、必ずいつの日か己を殺す矛(ほこ)となるだろう」

つまり、剣を振るうと決めた相手は、必ず殺すべし。

故に、ひと振り決殺。

同情や、迷いを見せて殺し損ねれば、きっといつか逆に己が殺されてしまうぞ。仲間が、家族が、そのせいで殺されてしまうぞ。だから、剣を振るうと判断した相手は必ず殺せ。

そういった意図を込めて口ずさんでいるのだと、いつだったか、先生は教えてくれた。

だけど、心の底から殺されてもいいと思った相手であるならば、その限りではない。何故ならこれは、後悔しない為に口にする、戒めの言葉だから。

「……殿下の言葉ですか？　そのセリフは」

笑い混じりに、騎士の男が尋ねてくる。

この世界は、きっと優しい。

平凡な毎日を不条理に壊される事もなければ、剣を持たなければ明日にでも死んでしまうような世界でもない。殺し殺されの毎日を過ごした者の言葉なんて、この世界では異端でしかないはずだ。

言葉を笑う騎士の男の気持ちも理解できたからこそ、俺もそれに倣(なら)うように含み笑いを漏らしながら首を横に振る。

「俺が、唯一憧れた人の言葉だよ」

「は、ははっ、えらく物騒なヤツだ。ソイツはきっと、敵だらけの地獄みてえな場所で生きてるんでしょうねえ」

「そう、だな」

気丈に振る舞おうと、必死に笑いながら返事してはくるが、表情の端々から無理をしていると容易に想像ができた。

「さぁ、て、と!!」

蹌踉(よろ)めく身体を二本の足で支え、折れた剣を両手で力強く握り、騎士の男は正眼に構える。

生気の薄れない瞳が俺を捉え、ギラついた眼光が、闘志は消えていないと訴えかけていた。

「ちょいと油断しちまいましたが……続きといきましょうかぁっ!?」

得物を振りかざし、気勢を上げて床を蹴りつける。

折れた剣を手にした彼を、死にかけの人間と捉えるか。手負いの虎と考えるか。

俺の答えは決まっていた。

「……あぁ、続きといこう」

歩み寄ろうと進ませていた足を止め、俺は、〝影剣(スパーダ)〟を構え直す。

「俺からの、ありがてえ剣の課外授業ですぜ⁉　殿下ァッ！！」

肉薄する剣身が、目の前で半弧を描く。

騎士の男が口から血を撒き散らしながらも咆哮し、剣を振るう。それを俺は〝影剣（スパーダ）〟で難なく受け止め、もう一度繰り返さんとばかりに口にする。

「〝斬（スパー）——」

しかし、言葉が最後まで紡がれる事はなかった。

その訳は、あるべきはずの感触が、消えたから。

剣越しに押し返してくる感触ごと、折れた剣だけを残して騎士の男の姿が目の前から忽然と消え失せた為に、俺の言葉は半ばで途切れてしまった。

「流石に、それは考えが甘ぇんじゃ」

後ろから声が飛んでくる。

咄嗟に後ろを振り向くと、人影が目に映った。

だが、それは比喩表現抜きに人影。

俺が向き直ったのは、黒い分体だった。

続けて、次は右から声が聞こえてきて。

鉱物のような硬い何かが。

強く握られた拳が、

「ねぇですかッ⁉」

俺の頬に、思い切りめり込んだ。

人を殴った音とは思えない破裂音が遅れて鼓膜を揺らし、俺の視界は上下左右が逆転。

後方へと勢い良く吹き飛ばされ、二回、三回と地面を跳ねる。

「殿下ッ‼」

「〝影剣(スパーダ)〟ァァア‼」

聞こえてくる声を遮るように、俺は叫び散らす。

転げながらも、態勢を整えんと地面に手を伸ばして勢いを殺しながら、両足を地面につけた。

〝影剣(スパーダ)〟が浮き上がった場所は二箇所。向き直った先の分体の足下と、フェリの足下。

「なん、で……？」

「シュテンの言葉を、思い出せ‼」

本当は、狙われてるやつがわざわざ前に出てきてどうする、と言ってやりたかった。でも、フェリの事だ。

恐らくそれではきっと、彼女は納得してくれない。だからあえてシュテンの名を出した。

俺に、下手人のトドメをさせ、と言っていた兄の名前を。

「それに、死に掛けの男相手に助力なんざ要らねえっての」

ツウ、と垂れてきた血を軽く拭い、そう吐き捨てる。

「別に、俺は気にしねえですよ？　二人がかりでも」

「はっ、今にも死にそうな顔してるやつがなに大口を叩いてるんだか」

身体の状態とは相反して、余裕に満ちた言葉を返す騎士の男の手には、剣身半ばで折られた剣ではなく。どこに隠してたんだと言ってやりたくなるような無骨な銀刃が、右手左手に一振りずつ握られていた。

泰然とした様子のソレは、決して付け焼き刃ではないと訴えかけてくる。

「はぁ――っ」

それに対して俺は、息を吐く。肺に溜まっていた空気を全て吐き出さんばかりの、深い、深い一息。

そして息の音はピタリと止み。

スゥ、と僅かに音を響かせた後。

「――――っ！」

驚愕は誰のものだっただろうか。

俺の背後の床面が、蹴りつけられた衝撃に耐え切れず抉れる。その耳をつんざくような音と共に、十数メートルあった遠間を一足で詰めた。

白銀の剣線が唐突に、ナナメに走る。

騎士の男は即座に双剣を重ね、それを受け止めるモーションに入るが、

「さっ、きより重――ッ」

勢いの乗った剣撃は重みを増し、鍔迫り合いになる事もなく双剣を重ねて閉じていた腕は開かれ、相手は死に体に。

俺は喜悦に口角が吊り上がるのを感じながら、その首めがけてまた剣を振り抜くも――

騎士の男はすんでのところで背を仰け反らせて回避。そのまま飛び退いてもう一度距離を取り、苦笑いを浮かべた。

「は、はは、これが一四歳の剣技、ですか……」

足運びも、剣速も、なにもかもが熟達し過ぎている、と言いたげに、かぶりを振る。

「末恐ろし過ぎやしませんかねえ!!」

そんな嘆きに似た叫びを撒き散らしつつ、無言で再度間合いを詰めながら剣を上段に振るう俺を騎士の男は睨め付けた。

虚しい鉄の音が、まだ響く。

間断のない剣撃は、上限知らずに激しさを増していた。


「あ、が……ッ！」

ガランと音を立てて剣が手からこぼれ落ちる。

膝から崩れ落ちたのは、騎士の男だった。

身体を僅かに引きずって、近くの壁に背をもたれさせる。

「っ、は、はは、強えなぁ殿下は」

身体はとうの昔に限界を超えていた。

それでも、限界を超えても尚、騎士の男を動かしていたのは何だったのか。俺に、それは分からない。

けれど、動かしていたものは、騎士の男にとって譲れない何かだったという事だけは理解できた。

握る〝影剣（スパーダ）〟に力を込める。

すると騎士の男は、勘弁してくれと言わんばかりに顔を引きつらせた。だが、それは命乞いとは少し違うと、漏れ出る雰囲気が語っていた。

「末期の、言葉ってやつですよ。ちょいと話を聞いてやくれませんかね」

返事は、しない。

代わりに、無言で〝影剣（スパーダ）〟を周囲に浮かばせた。

「ええ。それで、大丈夫です」

変な動きを見せれば即座に殺す。

だが言葉だけなら聞き届ける。

それが俺の返事だった。

「結界に関しては、俺が死ねば自動的に解除される仕組みになってます。なんで、その心配は無用ですぜ」

なによりも俺が聞きたかった事柄を的確に指摘し、騎士の男は得意げに微笑んだ。

だけど、俺の頭の中の時は停止していた。

死ねば、解除される仕組み。

もとより結界を展開した時点で死ぬ気だったんじゃないか。そんな仮説が浮かんだ。

しかしそんな俺の考えは関係ないとばかりに話は進む。

「帝国、っつーのは、ロクでもねえ国家です。あそこの権力者や〝英雄〟は基本的に、全員に枷が嵌められてる」

俺もその一人なんですけどね、と、騎士の男は自嘲気味に笑う。

「あんたは、そんな場所に俺を勧誘してたのか」

そんな相手に向けた感情は、呆れ。

ハナから頷く気はなかったけど、なら尚更だったなと、過去の自分を胸中で肯定した。

「……ははは。でも、殿下なら居心地のいい国だったかもしれねえですよ」

「なんでだ？」

「殿下って、ほら、何も興味ねえでしょう？　俺の言う枷っていうのは女だったり、子供だったり、家族だったり、金銭だったりです。だから、殿下一人で向かう分には、案外悪くないかもなあって思ったりもしてたんです」

確かに、そういった枷なら俺には無関係だったかもなと思ってしまう。けど。

「ならなんで、結界を展開させた？　死なないと、解除できないんだろ？　俺が頷くと思わなかったのか？」

「思いませんって」

からからと快活に笑う。

少し前に俺を狂ってると称した男と同一人物とは思えない回答ぶりである。

「なにせ俺は、リィンツェルで殿下を観察させて頂いてましたから」

かつての出来事を想起せんと瞳を閉じ、騎士の男はそれを口にしていく。

「朝方の、海辺での出来事。『豪商』との、やり取り。化け物のはびこる孤島に一人で向かう無謀さ。心配で盗み聞きなどなど。およそ我が身可愛さに他国に身を寄せる人間には微塵も見えませんでしたねえ」

リィンツエルで、俺の側に人の気配は、なかったはずだ。確認もしていた。

そう自分に問いかけている最中、言葉が割り込んでくる。

「便利でしょう？　俺の能力、は」

「……なるほどな」

閉じていた瞼を開き、いたずらが成功した子供のように、騎士の男が楽しそうに笑う。

つまり、あの得体の知れない黒い分体を使っていたのだ。

「帝国の人間ってのは、枷に嵌められていて後がねえ人間ばかりです。だから、殺しに向ける本気度も違う。時に甘言を持って近づいてくるやつもいるでしょうよ。その時は、俺との会話を思い出してください。迷わず、斬り殺しちゃってください」

「あんた……」

「おっと、同情はいらねえですよ。俺は帝国のスパイで、殿下はその裏切り者をやっつけた。それだけです。言ったでしょう？　俺は殿下の事は嫌いじゃねえって。これは自分を殺しきれなかった偽善者の独り言です。間違っても、本気にしちゃいけねえ」

はじめから、この男は死ぬ気だったのだと、いやでも分かってしまう。

けれど、それがこの男の生き様だ。同情なんてものはしない。こうまでして死ぬ事にも、きっと意味があったのだろうから。

「っていうのは嘘。って言えば殿下はどうしますか？」

「…………」

「くはは っ、やっぱ殿下は甘ぇし、優しいなあ。距離が少しでも近づけば、脇が甘くなる。殿下の悪い癖ですぜ？」

まるで、長年俺の事を見てきたかのように言う。

恐らくそれは、まるで、ではなく事実そうなんだろう。フェリの監視ついでに、俺の事も見張ってたんだろう。

「あんた、バカだろ」

先程からの発言は明らかに、帝国の人間がしてはならないものだと俺でも分かる。だから、バカと称した。

「バカな殿下の臣下もバカ。仲良くバカバカって事じゃあダメですかね？」

「……ダメに決まってんだろ。せめて臣下くらいは賢くなれ」

「ははは、殿下は手厳しいですねぇ」

打って変わって、和やかな空気に包まれたところで、騎士の男は俺を呼ぶ。

「殿下」

静謐（せいひつ）な瞳で俺を見つめてくる。

言いたい事は、なんとなく分かった。

「今の俺を、殺せますか？」

「………………」

言葉に、詰まる。

そして反射的に、視線を僅かに上方へ逸らしてしまった。

「はぁ……」

深い、ため息が聞こえてくる。

「殿下はきっと、今の俺でも殺せると、思います。でも、躊躇いなく機械的に殺せるかと問われれば、それはちげえんです。殿下には、その躊躇いを抱けるだけの心がある」

騎士の男は震える手で握り拳を作り、胸部を叩く。

それはとても弱々しいものだったけれど、どうしようもなく目に焼き付いた。

「殿下は強え。人間の域には収まらねえ強さだ。けれど、心は人間だ。それだけは、気をつけてください」

昔から言われ続けてきた言葉だった。

世界が変わっても言われてしまうのかと、自責しつつも感傷めいたものを抱いてしまう。

「最後に一つ、だけ。俺は、殿下みてえな人の下で働きたかった。で、そう思わせるだけの何かが殿下にはある。間違っても〝クズ〟じゃあねえ。あんまり卑下し過ぎると、周りの人間が泣いちまいますぜ？」

そう言うが早いか。

騎士の男の周囲が、薄く光り出す。

この兆候は、よく知っていた。

「これは、貸し一です」

「そう、だな」

心の底から甘さを捨てきれない俺への配慮。

俺はゆっくりと騎士の男の側から離れながら、小さく頷いた。

「バカみてえな死に方したら、俺が許しませんぜ？」

「そう、だな」

ゆっくり、ゆっくりと歩いて。

「本当に、バカなヤツ……」

眩(まばゆ)い光と共に、大気を揺らす爆音が背後で大きく、轟いた。

## 第十話　前だけを見て

その日はそれから、庭園で時間を過ごす事になった。

本当は、グレリア兄上やフェリ、父上達から自室で過ごせと言われたけれど、その言葉を俺が拒んだ。

別に、悲しいとかそんな感情は一切抱いていない。

あの騎士の男を追い込んだ帝国を許せないなんて気持ちが欠片(かけら)もないといえば嘘になるかもしれないが、それも微々たる程度だ。

なのに俺の心は悶々(もんもん)としたまま。

結局のところ、俺は怒ってるんだろう。

誰かに、ではなく自分に対して。

騎士の男の死に様についてとやかく言うつもりはない。人それぞれだし、生き物に死は付きものだ。

誰よりも人の死の側にいた俺が、今更死んだ相手に対してどうこう言うつもりもない。そんな時期は、とうの昔に過ぎ去っている。

ならば何故、と言われれば。

それはきっと、騎士の男の死に様が、かつての仲間達と重なってしまったからなのだろう。

変に、あの騎士から情を感じてしまった事で、よみがえる過去。

誰一人守れなかった過去が、脳裏をかすめた。

また、繰り返してしまうんじゃないか。

誰かが俺の耳元でそう囁く。

「……うるさい」

幻聴がいつになく、騒がしい。

だけど、過去の出来事に苛(さいな)まれる理由を、俺は誰より理解している。それ程までに、騎士の男の死に方は先生達(みんな)に似ていた。

今日の空は、風がない。

強くなくても、少しくらい吹いてくれていれば、もう少しこのクソッタレな思考も霞(かすみ)がかってくれただろうになと、天を恨み、人知れず八つ当たりをした。

庭園に広がる芝に身を任せながら、仰向けでひたすら目を瞑る。いつもならすぐにでも意識を手放せていたのに、今日だけはそれができない。当たり前と思っていた事ができなかった。

そんな折、土を擦る音が聞こえてきた。

ざっ、という音。目を閉じ、暗闇の世界に入り浸る俺の鼓膜には、その音がよく響いた。

「眠れないんですか？　眠り姫ならぬ眠り王子の殿下らしくもない」

遠慮を感じさせない相手の物言い。

いつもなら突っかかってしまうところだが、今の俺にとってその態度はどうしてか、とても心地よかった。

「……今ちょうど起きただけだ」

「どうしたんですか。そんな見え透いた嘘なんてついちゃって。殿下は午後四時になるまで鼻に指を突っ込んでも起きない人じゃないですか」

相手はそう言って、薄目を開けていた俺に見えるようにずいっと無骨な腕時計を見せてくる。

短針はまだ2を指していた。

「……おい、なんか今聞き捨てならない言葉が聞こえたぞ」

「き、気のせいですって……多分」

軽く問い詰めてやると、俺に話しかけてきていた茶髪のメイド――ラティファがあからさまに目を逸らした。

意味深なこの反応。

さっきの言葉の内容、マジでやってやがるなコイツ……ッ！なんて怒りがふつふつと湧く。

やっぱりコイツは一度痛い目を見させなければ、と思うと同時、果てしない思考の渦に囚われていたはずがいつの間にか、期せずしてラティファに対する怒りに変わっていた事に気づく。

きっとたまたまなんだろうが、この時ばかりは彼女に感謝しながら、上体をゆっくりと起こした。

俺が背中についていた芝を払っている合間に、ラティファはすぐ側へと腰を下ろした。

「何か、ありましたか？」

話を切り出したのは、ラティファ。

俺の内心を慮（おもんぱか）ってなのか、向けてきた表情は少しだけ悲しげに映った。

「……いいや？　別に何もないけど」

フェリから何か聞いたのか。

そんな事が脳裏をよぎるが、フェリ・フォン・ユグスティヌは、どこまでもお人好しだ。彼女はきっとこいつに語ってはいないだろう。

ただ、僅かに不自然な間が空いてしまった。

「嘘をつくなら、もっと上手につくべきですよ、殿下」

透き通ったその瞳は何もかもを、俺の内心すらも見透かしているんじゃないか、という考えに陥りかけて、どうしようもなく目を逸らしたい気持ちが増した。

けれど、目を逸らすとやましい事があると肯定してしまう気がして、意地で見つめ返し続ける。

「はぁ……」

小さなため息が、聞こえた。

「私は、殿下の身に何があったのかなんて知りません。なにせ、強情なある方が隠そう、隠そうとして、一向に教えてくれませんから」

当てつけのようなラティファの言葉には、不満が盛大に込められており、表情からもそれは見て取れた。

「ですけど、殿下は分かりやすいお人なので、どんな事があったかなんて大方すぐ分かっちゃいます。〝英雄〟なんて肩書きがついても、殿下は相変わらずの、睡眠大好きな隙だらけグータラ王子様ですから」

分かってる。

そんな事は誰よりも分かってる。

〝英雄〟なんて肩書きが似合ってない事なんて。

本当に、〝グズ王子〟の方がよほど似合っていたし、気に入ってた。

「後悔なんて、誰だってしてしまいます」

不意に、ラティファがそう口にする。

「して当然なんです。こんな私でも、後悔した回数なんて数えきれない。どうしてあの時。そう思って悔やむ毎日です。けど、私はこうして前を向いて歩いてる。日々を過ごしてる」

言葉にはひどく実感がこもっていて、訴えかけてくる真剣な眼差しが心に突き刺さる。

「どうしてか、分かりますか？」

人の考えなんて、分からない。分かるはずもない。

それにきっと、俺はラティファとは違って前を向いて歩けていない。むしろ、後ろを見つめながらどこまでも過去を引きずっている格好悪い人間だ。

割り切っては、生きられない人間だ。

だから、彼女の質問に答える事はできなかった。

「質問を、変えます。殿下はもし、過去に戻ってやり直せるとしたら、やり直したいですか？」

ラティファには特別な力が備わっていて、過去に戻る事が可能なメイドだった——という事は万が一にもないと分かっていながら、俺は首を硬直させた。

イエスでもノーでもない。

俺は、またしても答えられなかった。

ふと、思う。

いつだったか。

こんなやり取りを先生とした気がするな、と。

過去に戻れるなら戻りたいか？　そんな馬鹿げた質問を先生にされた思い出が、確かに頭の隅にこびりついていた。

意識が、過去の記憶に向く。

『＊＊＊は、過去に戻れるとしたら、戻りたい？』

『なんだそれ』

『いいから、いいから。＊＊＊は戻りたい？　戻りたくはない？』

質問は唐突だった。

なんの脈絡もなく、先生は俺に対してそんな事を聞いてきた。過去に戻る事なんてできないはずなのに、そんな事を聞く理由が、その時の俺は分からなかった。

でも、一応は答える事にした。

たとえそれが、意味のない問答と分かっていて尚。

『俺は、戻りたいよ。昔の、平凡な日常に戻りたい』

今一緒にいる先生達（みんな）の事は好きだ。

紛れもなく好きだと、胸を張って答えられる。

けれど、戦いに身を委ね、殺し殺されの地獄のような毎日。周りの人達は傷つき、きっといつか命を落とすのだろう。

見ていて、それは辛い。

だから俺は、戻りたいと答えた。

『先生はどうなの？　先生も、過去に戻りたい？』

『僕、かあ』

苦笑いを浮かべる。

俺が戻りたいと言った事に対しては、予想通りだったのか。表情に変化はなかったけれど、逆に質問をされるとは思っていなかったのかもしれない。

『僕は、戻りたくはないかな。というより、戻れないかな』

『なんだそれ』

過去にもし、戻れるとしたら。

そういう質問であるのに、どうして戻れないと返すのか。

あえてその言葉を選んだ意図が分からなくて、俺はまた顔に疑問符を浮かべた。

『過去に戻るってのはつまり、今までをなかった事にして、自分の都合のいいように物事を動かそうというのに他ならない。多くの犠牲の上で成り立っているのが現在で、＊＊＊も、僕も色んな辛さを経験してきた。色んな悲しみを抱えてきた』

『だから、過去に戻ろうとするんじゃないの？』

きっと、俺の言葉はこれ以上なく的確だったのだと思う。そうだねとばかりに、優しい笑みが返ってきた。

『いいかい？　＊＊＊。どれだけ辛い過去であろうと、どれだけ後悔しようとも、目を背ける事だけは絶対にしちゃいけない』

『……どうして？』

いつになく熱のこもった言葉に、俺の声は少しだけ震えてしまっていた。

『目を背けてしまったら、報われないじゃないか』

何が、と口にしようとした俺だったけれど、

『必死に生きて、生きて、託して死んで逝った人達の、覚悟が報われないじゃないか』

先生の言葉を聞いた後に、声は、出てこなかった。

『きっと、これから先。＊＊＊は後悔をし続ける。きっと、親しい者の死に直面する日が来る。そんな時、間違っても過去に戻りたいなんて思っちゃいけない。何かを託されたのなら尚の事、繋いだ命のバトンを偽りにしちゃいけない』

漸く、戻れないと先生が言った意味が分かった。

『後悔なんて、誰だってする。僕だってしているし、しない人なんていない』

『先生、が？』

俺にとって、先生とは全てを持っている人だった。

強さは勿論、周りに人がいて、幸せそうで、性格は最悪だけど、それ以外は本当に、心の底から憧れた。

だから、驚きを禁じ得なかった。

『僕だって人だ。後悔なんて数えきれないくらいしてる。でも、後悔はどれだけしてもいい。悔やみたいなら、好きなだけ悔やめばいい。その代わり、立ち止まる事だけは許されないけどね』

『立ち止まる？』

先生は時折、ひどく難しい言い回しを使う。

年の功だと言っていたけど、絶対にそれだけじゃないと思う。

理解ができないと、僅かに不貞腐れていると、先生は俺の頭に軽く手を乗せた。

『つまり、今の＊＊＊みたいな生き方を続けろって事だよ』

『……意味が分かんないんだけど』

『んー。そうだなあ。＊＊＊は生かされた命と思って、今を必死に生きてるだろう？　立ち止まっていないっていうのは、そういう事なんだけどな』

やっぱり、いまいち理解ができなかった。

『いつか、立ち止まる時が来るかもしれない。そんな時、僕との会話を思い出すんだ。言い聞かせるんだ。きっと＊＊＊の行く先を照らす光になってくれるだろうから』

わしゃわしゃと俺の髪を撫でながら、先生は花が咲いたような笑みを見せてくれた。

『前を向いて歩き続ける。それがきっと、託した者に対する最高の恩返しなはずだからさ。少なくとも僕は、そう信じてるから――』

「って、殿下聞いてますか!?　私のありがたーい話聞いてます!?　すっごい良い事言ってたのに!!ねえ、聞いてませんよね!?　完っ全に目、止まってますよね!?」

騒ぎ立てるラティファの声が、俺を現実に引き戻す。

一人感傷に浸っていたというわけにもいかず、取り敢えず彼女には真実を言うことにした。

「悪い、完全に意識飛んでた」

「なんで私の話になると意識飛ぶんですかあああああ!!!」

おかしい、これ絶対おかしいから……!!などと頭を抱えるラティファには申し訳なかったけど、それでも、俺がしなければならない事は分かったような気がした。

恐らくそれは、間違っても庭園で感傷に浸る事ではない。

騎士の男の言葉が嘘にせよ、本当にせよ――

「……よし」

芝に片手をついて、立ち上がる。

少しネガティブモードに突入したメイドは、体育座りで視線を下に落として怨嗟でも唱えるようにモゴモゴと何かを言っていたけど、俺はあえて気にしない事にした。

でも、彼女の行動が転機になったのは紛れもない事実。俺は芝につかなかった方の手をラティファに向けて、差し出した。

「ラティファ」

「……はぁい、何でしょうかぁ」

物凄く元気のない間延びした返事。

今回ばかりはちょっぴり罪悪感が湧いたけれど、先日のシュテンとの結託裏切り行為を思い出して、それは一瞬のうちに霧散した。

「なんか、吹っ切れた」

「ほえ？」

素っ頓狂な声を上げながら、ラティファが顔を上げる。屈託のない笑みを浮かべた俺を数秒見つめ、漸く彼女も笑顔を見せた。

「そう、ですか。それは良かったです」

「あぁ、助かった」

そう言いながら、差し出した手をラティファが掴む。

ゆっくりと、掴んだ手を引き上げる最中。

——何故だか、あの時を思い出しますね。立場は逆ですけども。

聞き取れるか聞き取れないか怪しい声量の呟きが聞こえた。

「何か言った？」

「いいえー！　何も言ってませんー!!」

無視した仕返しだ、とばかりに含み笑いを見せながら、ラティファは大きな声で否定する。

ラティファの事だ、きっとろくでもない内容だろうと判断して、俺は気に留めないように努めた。

けれど、一言だけ。

今日だけは、この言葉を言おうと思う。

「ラティファ、ありがとう」

「んんー？　殿下ぁ、声がちっちゃくて聞こえませんよぉ。そこはちゃんと、今後は隠し事をせずに頼れるメイドのラティファさんに相談に向かいますって言いませんとぉ」

「……ばっちり聞こえてんだろうが」

……やっぱり、言うんじゃなかったと後悔した。

でも不思議と、悪い気分ではなかった。

# 第十一話　不幸は続く

庭園を後にし、自室へと向かった俺であったが、何故か無人であるはずの部屋からは姦(かしま)しい声が聞こえてくる。

飛び交う声の元は、恐らく三つ。

聞き覚えのあるその声がドア越しに聞こえ、嫌でも中にいる人物が分かってしまった。

「……何してんだあいつら……？」

何をしているのやらと眉根を寄せる。

もしかしてここは自室ではなかったり、なんて期待を込めてドアを開けてみるが、俺の部屋独自の脱出特化型の形状をした窓を見て、その期待は一瞬のうちに弾け飛んだ。

「よっ」

「よっ、じゃないだろ……なんでシュテンが俺の部屋にいるんだよ」

車椅子から降りてベッドに腰掛けていたシュテンが、片手を上げて声をかけてくる。

その姿があまりに自然過ぎて普段通り返事をしてしまいそうになるが、イヤイヤおかしいだろうがと我に返り、破顔する兄を半眼で咎(とが)めた。

部屋の中にはそんなシュテンをはじめ、フェリ、そしてシュテンの車椅子を押すメイドの計三名。

「お、ノリのいいメイドまでいるじゃん。ファイを部屋に連れて帰るとは、中々やるな……」

よくやったとばかりにぐっ、とサムズアップをするシュテン。やはり今回も、話を聞く気はないらしい。

横目でラティファを確認すると、彼女も彼女でサムズアップをしており、「デキるメイドですから」と鼻を高くしていた。

お前らいつの間にそんな仲良くなったんだよと言ってやりたかったが、やめておいた。聞くと何故だか精神がガリガリ削られる予感しかしなかったから。

「まあ、それは兎(と)も角(かく)。おれがファイの部屋にいる理由だったっけ」

パタパタと足を動かしながら、シュテンは楽しそうに言う。

「理由も何も、ファイがいる場所っていえば、庭園かここくらいじゃん？」

「……それはそうだけど」

だから何なんだと納得がいかない不満を表情に出してみれば、その反応が面白おかしいとばかりに、シュテンは含み笑いを浮かべた。

「ファイが来るのを待ってたんだよ、おれは」

なんで。どうして。

そんな疑問が止めどなく浮かんできて、口が自然とへの字に曲がった。

だが、それも一瞬。

「客が来てる。しかも、ファイの客だ」

「俺、の？」

お世辞にも、知り合いは多い方ではない。

訪ねてくる知己に心当たりがなかった分、向けられた言葉を余計に不審に思ってしまった。

「あんな不機嫌な顔させたまま、会わせるわけにはいかねーじゃん？　頭が冷えれば、きっとまず先に自室に来ると思ってよ」

漸く、今シュテンがここにいるのは彼なりの厚意なのだと気づく。使用人まがいな事をさせてしまって申し訳なさを感じたものの、それよりもその言葉の先が気になってしまい、じっと耳を傾ける。

「もう、客間に待たせてる。来たのはかれこれ一時間くらい前だったっけかな」

思い出すように、うーん、と唸りながら顔をしかめるシュテン。

けれど、考える時間を不毛と判断してか、すぐにへらりと笑んだ顔に戻った。

「訪ねてきた客の名前はメフィア・ツヴァイ・アフィリス。ファイに折り入って、話があるんだとよ？」

意外過ぎる名前がシュテンの口から飛び出し、思わず俺は目を点にした。

「なんで今、メフィア王女が来る？」

廊下を足早に歩きながら頭の中を埋め尽くす疑問を口にし、自問自答を始める。

アフィリス王国は先の戦争で荒らされたばかりだ。あれからまだ、二ヶ月も経ってはいない。

復興作業に手を取られ、他国に向かう余裕があるとは思えない。

……いや、向かわなければならない程の理由が出来た？　そう考えれば辻褄は合うが……

「……あぁ、クソッ」

乱暴にガリガリと髪を掻き毟る。

どうにも、嫌な方向に想像が働いてしまう。

「いや、待てよ……？」

アフィリスと言えば。

服の内ポケットに手を突っ込むと、ザラザラとした紙の感触が返ってくる。

その感触を確認した俺は、先日シュテンに渡されたまま読み損ねていた手紙を取り出した。

「…………」

封を乱暴に開けて、中身を取り出す。そこには四つ折りの羊皮紙が収められていた。

内容を確認する。

本人の筆跡は見た事がなかったが、所々少し強気な言葉で認められていたからだろう、正しくメフィア王女からのものだと確信に至れた。

特に変わった内容は書き記されていない。

身体には気をつけて。無理はしないように。気晴らしにでも、レ、リ、ッ、ク、王、に、会、う、為、に、で、も、いつでも遊びに来てくれていいから。そんな、俺を気遣う言葉が八割。

「あんたは俺の母親か」

つい、ポロリとツッコミを入れてしまうくらい、本当にそんな内容で埋め尽くされていた。

その他の内容はといえば、改めて礼を、という感謝の言葉くらい。

レリックさんについてはきっと、俺が彼に対して並々ならぬ友愛の情を抱いていると知っているからだろう。そこは素直に有難かった。

「……ん」

読み終えた俺は、メフィア王女からの手紙を元のようにたたみ直し、また懐に収める。

そして、もう一通。

今度はレリックさんからの手紙を取り出す。

封を開けて中身を確認してみれば、これもまた先程と似通った内容が綴（つづ）られていた。

ただ一つ違いを指摘するなら、彼の手紙には、帝国には注意をするようにという指摘が含まれていた。

「じゃあ、今回は本当に他意はなく？」

素直に遊びにやって、きた？

その線が濃厚ではあるが、俺達の関係上、それだけは決してあり得なかった。

俺にとってメフィア王女とは、友人の娘というだけ。

それ以上でもそれ以下でもない。

剣を交わして語り合った事はあるが、間違っても気兼ねなく会いに行くような関係ではない。

それに、メフィア王女にとって俺とは、侮蔑すべき対象である〝クズ王子〟――心の中ではもう少し穏やかな印象だろうが、とにかく表面上ではそうするという取り決めを交わしたはずだ。

だから、お互いに会いに行く理由は生まれない。それこそ、政治的な理由でもなければ。

「……いや、おかし過ぎる」

仮に、大事があって駆け込んできたのなら、シュテンがのんびりと待たせておくはずがないし、俺の機嫌が優れなかろうが庭園に向かってきておかしくはない。

あるいは、あの真面目で国を想う気持ちが飛び抜けている猪突猛進王女が、国を放って無意味に来るとはどう考えても思えない。

脳裏を掠めるのは一つのキーワード。

『帝国』。

「可能性はある、か……」

騎士の男の言葉が思い出される。

――殺しに向ける本気度も違う。

警戒をして損はないだろう。

だが、少なくともシュテン達に危害は加えなかった事を考えれば、きっと狙いは俺一人か。

――そんな風に思考の渦に囚われ続けていると、どうにも時間の進み具合が変わってきてしまう。

いつの間にかすぐ目の前にあった客間の扉と向かい合う。

「全く――」

何もないならそれに越した事はない。

しかし、これはあまりに出来過ぎている。

スパイであった騎士の男が死んで間もない。

加えて、リィンツェルから帰ってきてそこまで経っていないというのに、どうして俺がもうディストブルグにいると知っているのか。

帝国には気をつけろと忠告をしてくれたレリックさんが果たして、メフィア王女をディストブルグに向かわせるだろうか。

「……こっちは一日中ごろごろしてたいだけなのにさ」

ガチャリと音を立てて、俺はドアノブを殊更にゆっくりと回した。

# 第十二話　迫る影

部屋の中には、椅子に腰掛けるメフィア王女らしき人物が一人と、騎士めいた服装の者が三人。

俺にとっては、初めて顔を合わせる騎士達であった。

「お久しぶり、王子さま」

どこか甘い匂いが鼻腔をくすぐる。

仄かなその香りは、部屋中を満たしていた。

程なくして頭がくらくらし始め、思考に靄がかかる。

どうしてか、見えないナニカに身を任せてしまいたくなるような、そんな感覚に襲われた。

もう一度、声が聞こえる。

今度は先程とは正反対の、離別を示唆する言葉。

「それと、さようなら――」

――〝クズ王子〟

反射的に、俺はその場から飛び退いた。

同時、鼻先を掠める大剣。

遅れてズドン、と重量感のある音が轟いた。

「……あんたは」

言葉に、詰まる。

続きは既に喉元まで来ているというのに、あまりの信じられなさに、うまく出てこなかった。

なにせ目の前にいたのは——

メフィアを模したものがぐにゃりと歪み崩れて現れたのは、かつて剣を振るった敵。

俺自身が首を斬り落とした相手。

「あの時の——」

「まさか、アタシの事を忘れた、なんて口が裂けても言わないでしょうねえ？」

菫色（ヴァイオレット）の髪を揺らめかせる切れ長の目の女性。どこか猛獣に似た獰猛（どうもう）さを湛（たた）えた瞳。華奢（きゃしゃ）な身体つきの割に得物（えもの）は大剣というアンバランスな組み合わせ。

「幻影使い」

「あはっ、覚えてくれてるようで何より」

殺したはずの〝英雄〟『幻影遊戯』イディス・ファリザードがそこにいた。

「あんた、生きてたのか」

喜色満面。不気味さしか覚えない態度を貫くイディスに向けて、俺は尋ねる。

確かに、首を斬り落とした感触はあった。

幻術であれば感じる事のできない、確かな感触が。

「思い込みは怖い。そうは思わない？」

指摘を受けて模索を始める。

思い込み、思い込み……

もし、俺が首を斬ったと認識したその感覚自体が、幻術に惑わされていたとすれば。

「……なるほど」

つまり、

「俺は殺した気になっていただけの馬鹿というわけか」

だけど――

「それで、あんたは一体俺に何の用があるんだ」

あえてメフィアと偽ってまで俺に会いに来た、イディスの目的が分からなかった。

ただ、恨みを買っている自覚はあるし、きっと穏やかな話ではない事は薄々感じ取れる。

「さぁて、何でしょうね？」

嘲りを孕んだ声と共に、彼女の懐から、黒に染まった丸薬のようなものが三つ取り出された。

「…………」

てっきり、武器でも取り出すのかと思っていた。

だから、拍子抜けしてそれを見つめ続ける。

まるで見るもの全てを呑み込むような、深みのある漆黒を。

だが、ふとしたきっかけで、俺の認識は一八〇度覆された。

「————ッ」

なんとも形容し難い衝撃が、走る。

取り出された丸薬じみたソレには、心当たりがあった。というより、俺が深く知るもの。

メフィアの事も、幻術も、何もかもどうでもいいと思える程の衝撃が俺を襲う。

見間違えるはずもない。

見間違えるはずがなかった。

〝黒の行商〟。

〝死んだ街〟。

馴染み深い言葉が俺の頭の中に湧き上がると共に、感情が昂る。

世界が変わって尚、あの悍ましい〝異形〟を見る羽目になるのかと。

「……どこで、手に入れた。それを」

何も知らない人間が目にしてもただの丸薬としか見えないだろう。

しかし俺には、蠢く漆黒に内包された神秘が遠目からでも分かる。

あれは、あってはならないモノだ。

「……答えろ」

かつて、俺が生きた世界。

地獄と形容して相違ない世界において、先生が目の敵にしていた存在、それが〝黒の行商〟。

彼らは人々に物を売りつける。

主に、黒い丸薬を。

身なりも全て黒で包んでおり、故に俺達は〝黒の行商〟と呼んだ。

多くの人間が圧倒的な暴力に怯えたあの世界において、心を安らがせる麻薬のような役割を果たしていた最たるものが、その黒い丸薬である。

黒い丸薬には、人々を無条件に襲おうとする野生の本能に塗れた魔物の因子が僅かに含まれており、身体に取り込むと、それが本人を徐々に蝕んでいく仕組みだった。

その副産物が、快楽であり、トリップ。

勿論、デメリットもある。

当然ながら、魔物の因子を取り込めば取り込む程、魔物に近づいていってしまう。

そうして誕生するのは、魔物因子が組み込まれた怪物——〝異形〟であった。

彼らに理性は備わっていない。

破壊衝動に身を委ねた異形の怪物が好き勝手に暴れた結果、〝死んだ街〟が生まれる。

〝黒の行商〟はその見るに堪えない現象を、救済と呼んだ。

——暴力こそが正義と呼ばれる世界。跋扈する暴力者共に何もお咎めなしとはおかしいじゃないか。ならば、〝異形〟と成りて復讐を果たせばいいではないか。

実情を話す事なく『救済』を謳い、縋るもののない人々を快楽の渦へと陥れ、人を逸した怪物である〝異形〟を作り上げる復讐者が、〝黒の行商〟の正体。

しかしそれは既に過去の話である。

だからこそ、俺は叫んだ。

「答えろって、言ってんだろうがッ！！！」

俺が激情に身を任せて哮りながら〝影剣〟を取り出し、浮かばせると同時。イディスから、騎士めいた服装に身を包む者達に丸薬が投げ渡される。

最早手段は選んでいられないと、彼らの影から〝影剣〟を生やさんと試みるも——

ガリッ。

モノを歯で噛み砕く音が三つ、俺を嘲笑うかのように響いた。

静まり返った廊下に一人分の足音が響く。

どこか物憂げな表情を見せるメイドの足音が。

「はぁ……」

ため息を漏らしながら歩くラティファァは、誰に吐露する事もなく、胸中にて黙々と考え事を続けていた。

先日。

本当に珍しい事に、ラティファァを訪ねてきた人物がいた。

ファイ殿下に取り次いでほしいと言われるのかと思いきや、あんたに話があるのだ、と言う。

未だに意図は分からず、真実すらも最早知りようがない。なにせ、彼女のもとを訪ねた人物は、既に故人。

数時間前に命を落とした騎士の男その人だったのだから。

「『お前が殿下に向ける信頼は、他の者とは異なっている。異質と言っていい』——ですか」

彼からは、一つの質問を投げかけられた。

もし仮に、俺が他国からのスパイだとして。そんな言葉から始まる短い質問。

質問をする理由は終ぞ答えてくれなかったが、察してくれとばかりのあの苦笑いを見せられれば、誰だって理解できる。

——あんたは、俺を殺そうとは思わないのか。助けようと、思わないのか。

ラティファァは、そんな彼の質問に対して激高する事はなく。いっそあからさまな反応すら見せなかった。

何故ならば。

「そりゃ、私は誰よりも知ってますからね」

この世界での誰よりも、彼と長く一緒に過ごした。

言葉を交わして。剣を交えて、同じ人に怒られて。

仮に、人が蟻(あり)を踏み潰すとして、誰が人の方を心配するだろうか。誰が危険だと思うだろうか。

それ程までに、ラティファはファイに深い信頼を寄せていた。

決して保身ではなく、心の底からの信頼。

言外にラティファはこう答えたのだ。

貴方程度がスパイだとして、殿下の障害たり得ない、と。

ただ、相手によっては殺める事に良心を痛めるかもしれない。だけれどその程度なら、乗り越えられる。いや、乗り越えてきた。だからこそ、心配を、憂(うれ)いを抱く理由はないのだ。

——やっぱ、あんたしかいねえや。

どこか悟ったような表情でそう口にした騎士の男は、巾着(きんちゃく)を彼女に投げ渡していた。

中には、丸い何かが一つだけ収められていた。

――それは、帝国のトップが開発した、飛躍的に強くなれる薬。まぁつまり、『バケモノ』になれる薬だ。

それは、中身を見た途端、ラティファの手が硬直してしまう程に衝撃的だった。

騎士の男からはラティファが『こんなものが？』と疑念に頭を悩ませているように思えたかもしれないが、彼女は違う意味で驚いていた。

――事が終わってからでいい。コレには気をつけろって伝えてくれや。きっと、あんたの言葉が殿下には一番響く。頼んだぜ？　殿下のメイドさま。

数時間前に交わした会話を思い出しつつも、ポケットの中に巾着がある事を服越しに確認し、ラティファはもう一度、嘆息をした。

「私も色々と、覚悟を決めなきゃいけませんかね……」

# 第十三話　感覚

心にも、記憶にも。

きっと各々に『鍵』というものが存在する。

心の扉をひとたび開けば、人との距離を縮めさせて。記憶の扉を開けば、抑え込んでいた記憶をダムが決壊したが如く押し寄せさせる。そんな鍵が。

ギシギシと何かが軋んだ。

頭の中で様々な光景が移り変わる。刹那の光景が、シャッターを切るようにワンシーンずつ入れ替わり、入れ替わり、入れ替わり。

そして、滂沱の勢いで記憶が思い起こされる。薄れ、色を失い始めていた記憶が、濃く鮮明に。

大切だった者達が命の炎を散らしながらも戦い、終止符を打ったはずの事実を嘲笑うかのように、俺の前に姿を見せた〝異形〟の怪物。

俺の手は、震えていた。

恐怖のせいでもなければ、武者震いでもない。

一点の曇りもない怒りによって、である。

俺は怒っていた。腹の底から、額(ひたい)に血管を浮かばせる程に。

この身を束ねているのは、守られ続け、最後まで生き残ってしまったという悔恨をはじめとする贖(あがな)いの意思。

力が欲しかった。

己自身が生き続ける為の力が。

力が足りなかった。

先生達(みんな)を守る為の力が。

これは、エゴ。

だがエゴだからこそ、尚更許せるはずもなかった。

子供じみた感情だとは、己自身も理解している。

けれど、耐えられない。

俺の目の前に、〝異形(ソイツ)〟がいる事だけは何があっても、耐えられない。

血を吐くように根絶を渇望し、〝影剣(スパーダ)〟を手に取る。


——オレに見せてみろよ⁉　てめえの背負う『覚悟』ってヤツをよ⁉

俺の在り方の全てを否定したあの吸血鬼、ヴェルナーの言葉が頭をよぎる。それでも尚、己を突

き通した光景も。

過去に固執し続ける、愚直に過ぎた在り方。

誰かが俺の心を覗いたならば、きっとヴェルナーと同じ感想を抱くだろう。もしかしたら、慰めの言葉をかけてくれるのかもしれない。

けれど、それで良かった。

そういった全ての在り方。過去の総てを含めてこその、俺――ファイ・ヘンゼ・ディストブルグなのだから。

だから目の前の〝異形(ソレ)〟を断ち切ろう。

斬り裂こう。否定しよう。

己の半身である〝影剣(スパーダ)〟に、斬れないものなど何一つとしてないのだから。

手から慣れた感触が伝う。

肉を断つ、親しみ深い感覚。

続いて――

――鮮血色の飛沫(しぶき)が目の前を凄惨に彩った。

「コイ、ツ……ッ!!」

驚愕に見開かれた『幻影遊戯』イディス・ファリザードの目。

黒い丸薬を噛み砕くや否や筋肉が肥大化し、言葉すら分からなくなった〝異形〟の怪物――それが、斬り裂かれた。

知性も理性も、全てを差し出した対価に絶大な力を得た怪物が、知覚すらできずに斬り裂かれた瞬間だった。

「貫け」

恐ろしいまでに静謐(せいひつ)。

それでいながら怨嗟にも似た怒りを孕んだ俺の声が、〝影剣(スパーダ)〟に。

そして、彼らの影に伝わる。

「ガ、ァアアアアアッ!!!」

〝異形〟。

身体が三メートル程にまで膨れ上がり、肥大化したそれは、既に人間だった頃の原型を殆ど留めておらず。

知性と理性を捨て、破壊衝動と闘争本能に身を委ねた彼らは強い。が、しかし、強いだけで間違っても恐ろしい存在ではなかった。

膂力(りょりょく)は人間のそれと比較する事が馬鹿らしくなるくらいに強く、巨体の割に俊敏で、失われた知性と理性を補って余りある。けれど、それ故の弱点も抱え込んでいた。

胸を斬り裂かれ、蛇口を捻ったかのように噴き出す鮮血の飛沫が上がり、激痛に身を悶(もだ)える〝異形〟の一体。

だが、影から這い出さんとする〝影剣(スパーダ)〟の気配を感じ取ったのか、飛び退くようにして俺へと肉薄し、恐ろしいまでに伸びた鋭利な五本の鉤爪を振るってくる。

そして、それこそが〝異形〟の弱点。

知性と理性がない故に、ひとたび誘導されてしまえばその通りに動かざるを得ない。そう動く事しかできない。

「ガ……ッ！」

丸太の如く厚みのある首筋に裂傷が走る。

硬く変質した肌に〝影剣(スパーダ)〟の刃が埋まり、次いで新たな傷が生まれると同時、鮮血が宙に舞う。

そしてそのまま立て続けに二撃、三撃と傷をなぞり、刹那の瞬間に繰り出された必殺の連撃が、程なくして〝異形〟を喰らい尽くす。

「……あんた本当に何者よ」

絞り出されたか弱い声。

イディスの震えた言葉の直後、ずしんと何かが崩れ落ちる音と共に、心なしか地面が揺れる。

前に倒れこんだ〝異形〟は既に絶命しており、断末魔すらなく、噴き上がる血煙だけが敗北の現実を物語っている。

ごろり、と転がる頭部の成れの果て。

あまりの呆気なさに茫然自失で口を開くイディスを横目に、俺は足を上げ——ぐしゃり。

果物でも踏み潰したかのような生々しい音が響いた。

〝異形〟の生命力は人間のソレを遥かに超える。

動作の信号を送る頭部を潰さない限り、たとえ首を斬られようとも活動を続ける事ができる。

「ファイ・ヘンゼ・ディストブルグ」

「そう、いうのを聞いてるわけじゃないって、知ってんでしょうが……ッ」

「だからこそなんだよ。〝異形（ソイツ）〟に怒りを隠せないのは俺が俺である証左。紛れもなく俺は俺だ」

故に。

「俺であるからこそ殺す。殺し尽くす。許さない。許すはずもない。この事実を。目の前のこの光景を」

手に握る〝影剣（凶刃）〟に一層の力を込める。

「だから——」

血に塗れたこの身は、殺す事でしか物事を払拭できない穢（けが）れた存在。けれど、それで良かった。

〝異形〟を、この光景を殺せるなら、それで。

燻（くすぶ）る怒りの矛先を向けるように、射殺さんとばかりに強まる眼光で睨め付けながら、声帯を震わせる。

「今度こそ、殺す」

怒りによって我を忘れるギリギリ一歩手前。

『黒い丸薬』についての情報を引き出さなければならないという使命感と、この光景を殺したいという殺意。二つの鬩ぎ合う衝動に掻き乱されながらも、理性を手放してはならないと必死に己を保つ。

機会をうかがっているのか、こちらを見据えたまま動こうとしない残り二体の〝異形〟とイディス・ファリザード。

特に彼女の幻影に気をつけんと、感覚を研ぎ澄まし、違和感を覚えるや否や、〝影剣〟を逡巡なく差し向ける。

「この……っ」

「逃がさないし、今更逃すはずもないだろうが……!!」

幻影を使用して逃げ出そうと試みたのか、先回りするように出現した〝影剣〟に苛立ちめいた感情をぶつけるイディス。目の前にいたはずの彼女が突如として掻き消え、少し離れた場所に、慌てた様子で飛び退く姿が現れる。

まごう事なき、幻影の効果である。

追い討ちをかけんと強く踏みしめた俺の足音で戦闘の始動と判断したのか、静観していた二体の〝異形〟が俺に飛び掛かる。

「ガァァアアアア――――ッ!!!」

「邪魔を、する、な……ッ！！」

俺の意志に反応するように、目にも留まらぬ速さでその足下から数多の〝影剣〟が顔を見せ、〝異形〟の身体中を刺し貫いていく。

「今度こそ――」

感覚。

きっとイディス・ファリザードはそこにいる。

誰かが聞けば鼻で笑ってしまうような曖昧な感覚であったが、不思議と確信めいたものがあった。

何もない空間を両断せんと、振り下ろされた〝影剣〟。

狙い過たずそれは、

「――斬り殺す」

「あ、ぐッ……!?」

イディス・ファリザードの肢体を袈裟掛けに斬り裂き、飛沫が舞う。

――てめえの〝影剣〟に、斬れないものはねえ。ほら見た事か。

――やればできんじゃねえか。

そんな光景を眼前に、イディスと同じ幻影使い――かつて共に戦ったドレッドヘアの男の、そんな親しみ深い言葉がどうしてか、俺の胸に去来した。

## 第十四話　宣誓厳約書

「随分と、心配性なのねえ……ッ」

枯れた声。

途切れ途切れに言葉を発するイディス・ファリザードから伸びる影には、数える事が億劫になる程の黒い切っ尖が顔を覗かせ、縫い付けるように突き刺さっていた。

息は絶え絶え。顔色も蒼白で、血に塗れた相貌には死相が見え隠れしている。

「……で、どうしてアタシを殺さない、わけ？　以前はあんなにも躊躇いなく斬りつけた貴方が？　ほんっと、可笑しな話もあったものねえ……？」

心の底から大事に想う人物を騙った時でさえここまでの憤りを見せなかった俺が、怒りに塗れる様が可笑しくてたまらない。

イディスは斬り付けられた痛みに眉根を寄せながらも、そう言いたげな言葉を発する。

嫌がらせのように執拗に執拗に。動く口はいつまで待てど、止まらない。

「……事情が変わった」

「はて、さて。一体どんな事情なのかしら」

「惚けるのもいい加減にしろよ……ッ！！」

手が伸びる。

軽佻浮薄な態度を頑として崩さないイディスに痺れを切らし、脳が指令を送るより早く、左の手が彼女の首元を掴み上げた。

ミシリ。何かが軋む音が、手元から聞こえた。

イディスの頼みの綱であった〝異形〟は既に物言わぬ骸と化しており、凄惨なまでにその残骸が撒き散らされている。最早、生命の欠片すら残ってはいないだろう。

「そ、れを言ったら……見逃、してもらえる？」

『黒い丸薬』は、誰から渡された」

首を絞められながら、またしても命乞いをするイディス。その態度に辟易した俺の返事は、更なる圧迫だった。

次いで、ぁぐっ。そんな苦悶に満ちた声が俺の鼓膜を揺らす。

「……取引を、しましょうよ。ねえ、王子さま」

「この状況で応じるはずがないだろうが」

「いいえ。応じる。応じざる、を得ないはずだもの。だって――」

殊更ゆっくりと。

薄桃色の唇が形作る。

声にならない言葉。

けれど、彼女は間違いなく。

アフィリス。

そう、口にしていた。

「リィンツェルにはあの『不死身』がいるけれど、〝英雄〟を一人も擁していないアフィリスは」

果たしてどうなってるのかしらね。

魔女然とした表情でこちらを見据えるイディスに、一層の殺意が湧く。

もう、殺してしまおうか。

情報など、帝国に出向けば分かるはず。

だから、今すぐこの口を黙らせてしまおう。

縊り殺そう。

ふつふつと湧き上がる感情に比例するように、手に込められる力が上昇していく。

「こ、こで、アタシを殺せば間違いなく、手遅れになるわよ」

息苦しそうに悶えながらも、皮肉めいた調子を貫き、イディスは嗤う。

「だから身内に甘い貴方は、アタシの提案に乗らざるを得ない……ッ」

そうして、一瞬とて逸らしてたまるかとばかりに直視を続けていた彼女の瞳が、初めて外れた。

向けられた場所は俺の背後。

意図したように戦闘の被害が一切見受けられない場所に、だ。

「後ろを気遣いながら戦っておいて、まさかソレに気づかれないとでも？」

自嘲めいた笑みがイディスの顔に浮かぶ。

背後に攻撃がいかないようにされて尚、今の状態を作り出されている事に。

バカらしい程の力量差に。

「アタシには分かる。貴方はきっと、こうしていれば救えたかもしれない、なんて考えがちらつく限り、強くは踏み込めない人種……！　アタシは貴方を殺せない。けど、『今』は貴方もアタシを殺せない……ッ!!」

嘘だ。

それはウソだ。と、言いたかった。

イディスが本当の事を言っている確証はどこにもない。

だからこれは戯言(ざれごと)だ。妄言に付き合う必要など一切ない。

自分にそう言い聞かせているのに、どうしてか、手には半端な力しか込める事ができなかった。

イディス・ファリザードは紛れもなく敵だ。

外敵であり、殺さなければならない相手。

今回は良い。標的が俺であったから。

だが、ここで彼女を逃した時、次も標的が『俺』である確証はどこにもない。誰か他の大事な人が狙われるかもしれない。

フェリかもしれないし、ラティファかもしれない。はたまた家族の誰か。未来の事など俺に分かるはずもなく、大きな懸念として残り続けるだろう。

それはあまりに、危険過ぎた。

だがしかし、イディスの言う『手遅れ』という言葉が脳裏にチラつくせいで強く踏み込めない。

「……くそ、が」

ギリッ。

擦り合う歯の音が不協和音として紛れ込んだ。

煮え切らない感情。イディスの指摘があまりに核心を突き過ぎていた故に、己の状態を自覚してしまい、余計な戸惑いが生まれてしまっていた。

お前は後悔しないのか？

ここでアタシを殺したせいで、アフィリスの知人が死ぬ事になってしまったとしても。

お前がこの時。この瞬間。選択を間違わなければ。

なぁ。なぁ。なぁ──

鼓膜にこびり付いた言葉。

それが言霊（ことだま）となって絡みつき、徐々に俺の手から力が抜けていく。

〝影剣（スパーダ）〟の拘束も解け始め、イディスの拘束が解けるまであと一歩となった、その時だった。

「何をしてるんですか、殿下」

突として飛んできた、鮮明な声。

透き通った声色は相変わらず、異様なまでによく響く。

「……フェリ」

肩越しに振り返った俺は、思わず口走ってしまう。

〝異形〟への怒り故に、散々に斬り散らかしたソコは、正（まさ）しく地獄絵図。しかし、名を呼んだ相手がこの惨状に困惑する様子はなく、むしろ何かに怒っているような、呆れているような。

彼女の瞳は終始、〝異形〟だったものには目もくれず、『俺』にのみ向けられていた。

「なに、性懲（しょうこ）りもなく一人で抱え込もうとしてるんですか。殿下」

少しだけ悲しそうに、フェリはそう言い直した。

「大きな音がしたので、慌てて様子を見に来てみれば、見知った人間が一人と、この惨状。それと」

仕方がないと言わんばかりに苦笑いを浮かべて、フェリは更に一言。

「苦しそうな殿下も、一人」

ここで初めて辺りを見回し、彼女は言葉を続ける。

「大体の事情は何となく分かります。なにせ私はあの場に、居合わせましたから」

あの場。

それはアフィリスでの出来事。

フェリとイディス・ファリザードは、一度限りではあるが、面識があった。

俺とイディスの戦いを見届けたフェリであれば、確かに知っているだろう。『幻影遊戯』と呼ばれた、この〝英雄〟の存在を。能力を。厄介極まりない『幻影』を。

「やっぱり、離せません」

何を。

そう疑問を口に出すより先に、答えが聞こえた。

「殿下から目を離すなんて、やっぱりできそうもありません」

分かっていた事ですけども。

語尾にそんな呆れを含んだ言葉が付け加えられる。

「なので、お節介は勝手に焼かせて頂きます」

そう言って彼女がこれ見よがしに取り出したのは、一枚の羊皮紙。

俺にとってソレはただの一枚の紙でしかなかったが、イディス・ファリザードにとっては意味を持つものだったのか、目に見えて顔色が変わる。

なんでそれを持っているんだ。そう言わんばかりに、目を剥いていた。

「……宣誓厳約書(ギアス・スクロール)」

「話が早くて助かります」

何故、それをこうもタイミングよく手にしているんだ――そう言いたげな忌々しげな目で睨め上げていたイディスに対し、フェリは己の耳に手を当てた。

「なる、ほどねぇ……精霊(エルフ)の民なら確かに、作製できても何らおかしくはない、わね」

「貴女は死にたくない。私達は、誰も失いたくない。けれど、貴女の言葉を鵜呑(うの)みにするわけにはいかない。なら、自ずと答えは決まってきますよね？」

「嘘を吐くなって、言いたいわけ……ッ!?」

顔を歪め、イディスは叫び散らす。

「……嘘？」

「これはそういうちょっとした魔道具なんです。今回でいえば、不干渉に徹する、嘘を吐かない。その程度ならコレで縛れます」

魔法にてんで疎い俺にとって、話を聞いただけでは、宣誓厳約書(ギアス・スクロール)とやらはやはりただの紙切れにしか見えなかった。

けれど。

俺にそう説明をしたのは、他でもないフェリ・フォン・ユグスティヌだ。

「そっか。なら頼む」

彼女が口にした言葉を俺が疑う余地など、どこにもありはしなかった。

てっきり、何か言われるとでも思っていたのか。フェリは肩透かしを食らった様子で俺を見つめていた。その反応が、どうしようもなく可笑しくて。

「……身内すら信用できなくなったのなら、そいつはもう、死んだ方がいい」

俺はそう答える。

誰一人として信用できない孤独な世界。

そんな世界で生きていて何が楽しいのか。

「だから俺はフェリの言葉を信じるし、疑う気も起こらない。もとより――」

己を生かしてくれた前世の母を想い、戦う術を叩き込んでくれた先生を想い、苦楽を共にした仲間を想い。身内と呼んでいた者達を想いながら、言葉を噛みしめるように、口にする。

「この人なら殺されてもいいと思えた人しか、守ろうとは思わないし、思えない。俺にとって身内とはそんな人達だから、その相手にはたとえ殺されようとも文句はない」

だから、疑う気にすらならない。

逡巡なく言い切った俺の発言は、イディスにとっては可笑しいものだったのか。顔を引きつらせながら、彼女は鼻で一度笑う。

――やっぱり貴方、頭がおかしいんじゃないの。

アフィリスにて相対した際にも言われていたその言葉。

やはり俺にはそれが、どうしようもなく安く聞こえて仕方がなかった。

## 第十五話　怯え

「本当に、よかったんですか」

まるで嵐が過ぎ去った後なのかという程に荒れていた部屋は、フェリの魔法によって洗浄され、そこら中に散見された血痕はむせ返るような異臭共々綺麗さっぱり取り除かれていた。

「何が？」

「彼女の事です」

俺が尋ねると、フェリはそう言って、ひゅうひゅうと風が音を立てて吹き込む、開かれたままの窓に目をやった。

「聞きたかった事は聞けた。それに、襲ってくる心配がないなら特に問題はない。俺があいつを殺そうとしてたのは、単に憂いを断ちたかっただけだから」

だから、見逃したところで問題はない、と俺は言う。

「それに」

そしておもむろに、懐にしまっていた手紙を取り出した。

宛名に俺の名前が記載された、アフィリス王国現国王レリック・ツヴァイ・アフィリス及びその息女からの手紙。

「随分と待たせてるし、早いところ返書をしないといけないからな。今、あいつに構ってる暇なんて俺にはねえんだ」

そう言って笑みを浮かべた俺は、身を翻す。

返書の内容は、もう決まっていた――

『アタシに課せられた任務は、貴方を帝国側(こちら)に引き込むか、もしくは抹殺だったわ。あちらさんは随分と、孤島での一件を重く見てるそうよ？　ご愁傷様(しゅうしょうさま)ね』
正当な理由がない限り、イディス・ファリザードからファイ・ヘンゼ・ディストブルグの身内に害を与える事を金輪際一切禁ずる。加えて、ファイ・ヘンゼ・ディストブルグに対し、嘘を吐いてはならない。
その二点を宣誓厳約書(ギアス・スクロール)にて縛られてしまったイディス・ファリザードは、皮肉めいた口調で言葉を吐き捨てた。

『孤島……あぁ』

今生で出会った誰とも明らかに強さの格が違っていたヴェルナーを思い起こし、厄介な相手だったとばかりに俺は渋面を作る。

『アフィリスでの遺恨を踏まえた上で、あいつらはアタシを貴方のところへ向かわせた。アタシはあの変な「丸薬」の効果も知っていたから、今度こそはって意気込んでいたんだけど……結果はこのざまね。流石にもうまた狙う気は起きないわ。あそこまで「幻影」が効かない人間は初めてよ、ほんと……』

嫌になるわ。

そう言ってイディスは項垂（うなだ）れた。

『で、あの「丸薬」についてだ。知ってる事は全て話せ』

『悪いけど……黒いローブの男が配っていたらしい。それくらいしか知らないわ。もっとも、アタシが知っていたのは効果についてのみ。黒いローブ男からって情報は残念ながら、そこで肉片になってくたばってる連中から聞いた事になるわね』

『黒いローブ……』

脳髄に刻み込むように言葉を反芻（はんすう）する。

それはあまりにあてにならない特徴であったが、どうしてか俺は『らしい』と思った。

俺の知る〝黒の行商〟らしいと思ってしまった。

『それこそ、中枢まで食い込んでるような重臣クラスじゃないと、あの「丸薬」についての手掛かりは掴めないと思うわ。手当たり次第に探すのも自由だけれど、途方もない時間が掛かるわよ』

俺が『黒い丸薬』に固執する様子を、実際に目にしたからだろう。聞いてもいないのにイディスの言葉が続く。

『そうか』

聞きたかった事をひと通り聞いた俺は、そう返事をして背を向けた。

時間が惜しかった。

イディス・ファリザードという危険を退けた今、俺が起こす行動は一つ。アフィリスへ一刻も早く向かう事だった。

『ちょっと待ちなさいよ』

『急いでるんだが』

『だから待てって言ってるの。それ、罠よ』

『はあ？』

言ってる意味が分からなかった。

『先の戦争で疲弊したアフィリスと、新たな〝英雄〟を擁したディストブルグ。さて、貴方がもし帝国の人間なら、どちらを掻き乱そうとするかしら？』

『…………』

『そこの精霊の民（エルフ）もそうだけど、ディストブルグは中々の粒揃い。後々面倒な存在になるのは果たしてアフィリスとディストブルグ、どちらかしらね』

加えて地理的な問題を挙げれば、ディストブルグが混乱に陥れば、リィンツェルは孤立無援となる。

どちらを潰した方が帝国に益があるか、火を見るよりも明らかであった。

『そして、ディストブルグで一番厄介な人物とされているのは貴方よ。ファイ・ヘンゼ・ディストブルグ』

そう言って、イディスは俺を指差した。

『貴方については謎が多過ぎる』

ディストブルグの現在の主戦力として挙げられるグレリア兄上は、〝果て無き重圧（グラビティ）〟と広く呼ばれているように、戦闘スタイルのほぼ全てが露見している。

フェリもディストブルグに仕えて長く、戦闘に関して謎深いところは殆どないに等しいだろう。

シュテンは何より、足が悪い。

その点俺は、数多の剣を扱って戦う、という程度しか知られておらず、人前での戦闘自体が片手で足りる回数。未だ黒星はなし、まだまだ手札を隠しているようにも見え、はっきり言って謎だらけだろう。イディスの言い分も容易に理解できてしまう。

『最大の不安要素である貴方が仮に、ディストブルグからアフィリスに移動したとする。さて、一体どうなるのかしらね？』

『……それは』

戸惑った。

どう動くのが正解なのか、と。

『でも、今は安心していいわ』

『今は？』

『そう、今は。見たところ、まだ帝国も準備が整ってるわけじゃない。だから表面では大人しくしてるの。貴方がもしアフィリスに向かったら、何人かがディストブルグに送りつけられるでしょうけれど……ここに留まってる限り、まだ激化する事はないわ』

フェリの言った宣誓厳約書（ギアス・スクロール）の効果を疑っているわけではない。

けれど、忙（せわ）しなく心臓が脈動する。

それは本当なのか、と。

疑い始めればキリがない事は分かっている。

それでも、もし。もし。もし。

脳裏に浮かぶ『もし』が一％でも可能性を孕んでいるとなると、落ち着かない。

『ねえ』

呼び掛けが思考に割り込んでくる。

『もしかしてあの王女さまから、助けてほしいって懇願でもされてるの？』

返事する間もなく、イディスは立て続けに言う。

『違うでしょう？　あの意地っ張りそうな王女がそんな女々しい事を言うとは思えない』

『分かってるなら、なんで——』

『聞いたのかって？　貴方に自覚がなかったからに決まってるじゃない』

自分勝手にお節介を焼きに行こうとしている。

それは余計であり、愚行。

これが一度目ならまだいい。が、今回で二度目だ。既に窮地に陥っているならまだしも、まだそうでないのに助けに行くのは、相手に自衛できるとは露ほども思っていないと突きつける行為に他ならない。

彼女らに、俺はお前達を信頼していないと言っているようなものだ。

『というかねぇ、折角だから言わせてもらうけど』

宣誓厳約書を交わした後、フェリから治療を受け、それなりに回復していたイディスが立ち上がる。

『なんでそんな追い詰められたような顔をしてんのよ？』

その言葉を耳にしたその時。まるで雷に打たれたような、そんな感覚に陥った。

『アイツらを、ものの数秒で倒してたじゃない。殺してたじゃない。なのになんで、貴方はそんなに怯えてるの？』

怯えては、いない。

忘れるな。そう言わんばかりに目を瞑る度によぎる明晰夢にて、〝異形〟の姿は嫌という程見てきたし、誰かの死についても幾度となく味わった。

イディスの言葉は今更だ。だから、笑ってしまえ。気丈に振る舞え。感情を隠してしまえ。

……そこで漸く、ハッと我に返る。

違和感なく、さも当たり前のように浮かんでしまった考えに対し、俺は息を呑んだ。

『なんで俺は——』

今、己の感情を誤魔化そうとした？

気づかされた事実に、頭が真っ白になる。

『はじめから、おかしいと思ったのよ……馬鹿げた技量。馬鹿げた思考回路。諦観し尽くしていた以前の貴方。歳の割に狂い過ぎてる。あの時はそう思ったけど、もしかして——』

——貴方はただ、怖がってるだけなのかしら……人の死、に。

ずっと昔に「恐れすぎだ」と俺に注意をしてくれたドレッドヘアの男のような言葉を宣う。

自分を負かした相手だからこそ、彼女は俺に興味が湧いていたのだろう。

幻影をものともしない圧倒的な戦闘センス。その秘密について、知りたくないはずがない。

故に踏み込んだ。

そして核心に、今まさに迫っている。

あの〝異形〟と、何らかの因縁が過去にあったのだろう、と。頭を粉々に踏み潰す行為こそが、その最たる根拠。

頭さえ無事であればまた動き出すなんて情報を初見で得られるはずもなく、イディスが「つまり貴方はあのバケモノに――」と結論づけようとしたところで、新たな声が挟み込まれる。

『そこまでにしてもらえませんか』

俺とイディスの会話を断ち切ったのは、今の今まで沈黙を貫いていたフェリだった。

『自分の主人の事、知りたくないの？』

『知りたいですよ。言うまでもなく凄く知りたいです。きっと、貴女よりもずっとそう思ってます。ですが、無理矢理聞きたいとまでは思ってません』

『……今後に影響が出るわよ』

『それでも、です』

フェリは頑なに首を縦に振ろうとはしなかった。

『私は、待つと決めてますから。殿下の口から話して頂けるその時まで待つと、決めてますから』

『知らないせいで、そこの王子さまが死ぬ羽目になるかもしれないとしても？』

『その時は、私が守りますから』

『……そ』

ひたむきな眼光に当てられたイディスはそれだけ告げて、背を向ける。

『なら、アタシからはもう言う事はないわ。知ってる情報は言った。だから――』

『その通りだ』

怒りを買ってしまう前に退散しようと考えたのか、そう言うや否やそそくさと立ち去ろうと試みるイディスに、あえて俺は待ったをかけた。

『俺は、怯えてる』

人の死に。

孤独に。

過去に。全てに。

慣れたと、思っていた。

けれど、それはただの思い込みでしかなかった。

そもそも、慣れているなら、割り切れているなら、明晰夢で過去を体験し続けるような馬鹿げた状態に陥るはずがない。

知人が死ぬ事は怖い。

大切な人が死ぬのはもっと怖い。

一人ぼっちは、もっと、もっと怖い。

無理矢理に笑う仮面をかぶった、ただのはりぼて人形。それが俺だ。

でも。

『だが、あんたにまで心配される程、俺も落ちぶれちゃいねえよ』

頼ってばかりの時期は、とうの昔に過ぎ去った。

俺は常に誰かに助けてもらう事で生きてきた弱虫。

間違っても、己一人で何もかもを成せると勘違いしてはいけない。誤認してはいけない。

身の程を、弁えなくてはいけない。

そして、嗤う。

身の程を弁えた上で、嗤うのだ。

『あの〝異形〟はトラウマだ。だがな、それも今日まで。帝国が「黒い丸薬」を作ってるってんなら、悉くを殺してみせるさ。それで、俺のトラウマを解消させてもらう事にする』

無理に意地を張るものではないな、とつくづく思う。

〝異形〟を目にした事で、冷静さを失っていたのだろう。

アイツらは確実に殺さなければならない。『黒い丸薬』を持ち込んだ人間も全て、斬殺すべきだ。

だからこそ、俺は冷静になるべきであった。

『援軍の要請もない今。俺がアフィリスに向かったところで、確かに邪魔でしかないだろうな。それに、あそこには誇り高い立派な騎士がわんさかいる。先程までは俺が、驕っていた』

ログザリア・ボーネスト。俺がこの世界で剣を握るキッカケとなった騎士を懐かしみながら、俺は嗤う。

『――だから今回ばかりは感謝しておく。「幻影遊戯」イディス・ファリザード』

それと。

『もう少しだけ、待っててくれ』

隣で仕方ないと言わんばかりに笑うメイドに向けて、余計な心配をかけてしまった事を心の中で謝罪しながら、そう呟いた。

地獄のような世界で生きた、かつての人生。

あの場所(世界)で最後まで生き抜いてしまったかつての生の事を、信じてもらえるかは分からない。

けれどいつか、ちゃんと話そうと。

そう思った。

◆◆◆

アフィリスへの返書を書き終えたその日の晩。

食事の席にて、今回の件を深刻に捉えた父上は、重々しい調子で言葉を紡いだ。

「『連盟首脳会議(クーリア)』を開こうと思っておる」

帝国一強の情勢を防ぐべく、リィンツェルやディストブルグなどの王国が中心となり、その拮抗勢力となっている連盟国勢。

その首脳陣を集める会合の通称が——連盟首脳会議(クーリア)だ。

たびたび表れ始めた、帝国からの侵略行為の予兆。

これ以上の本格化は危険と判断した父上の、苦渋の判断であった。

## 第十六話　早い再会

「……連盟首脳会議(クーリア)、って言われてもな」

ぽつりと。

俺は頭をぽりぽりと掻きながら、悩ましげに呟いた。

世界の情勢すら満足に知ろうとしない俺にとって、連盟首脳会議(クーリア)などという頭の痛い言葉は、耳にしただけでも思考を放棄するに値(あたい)するモノであった。

頭脳仕事は父上をはじめグレリア兄上とシュテンの担当と勝手に思っている俺にすれば、重要である事は重々承知しているが夕餉(ゆうげ)の時間にそんな堅苦しい話をされても……というのが本音である。

「国の大事ですから」

「まあ、それは分かってるんだけどさ」

ここはディストブルグ王城の城下町。

先日のイディス・ファリザード襲撃の件もあり、どうせ狙われるならば外である方がいいというのが一つ。

加えて、自室に留まっているとシュテンが構え構えとやってくるという理由もあって、俺はこうしてフェリを伴って目的もなく外をほっつき歩いていた。

けれど、これまで外出するとしても行先は知己のウォリックが経営する『花屋』くらいだった事もあり、城下町の風景は俺にとって新鮮味のあるもので、存外楽しくあった。

質の良い衣服を身につけているからか、時折通り掛かる通行人に頭を下げられ、その度に胸の奥がむず痒くなりながら、ふと思う。

「……というか。最近の俺、働き過ぎだろ」

——特に、起きる時間とか。

道理で、やけに眠いと思った。

口にすると、胸の奥でモヤモヤしていた疑問がぱっと霧散したかのような、スッキリした気分になった。

「大丈夫です殿下。それが普通ですから」

「…………」

そういえば、真横を歩くメイド長はラティファに次ぐ俺の睡眠の妨害者であったと思い出し、話す相手を間違えたと俺は口ごもる。

城に帰ったら、父上かグレリア兄上に己の休暇について掛け合ってみようと密かに決めるのであった。

「……ん」

空を、仰ぐ。

お日様は真上に昇っており、降り注ぐ眩しい光に思わず目を細めた。街の喧騒が耳朶を叩く。

どことなく、周囲が騒がしかった。

「もう、昼か」

ずっと歩いていたからか、お腹はそれなりに空いている。

ズボンのポケットに手を伸ばし、金銭の入った巾着袋がある事を確認してから、フェリに向けて口を開く。

「そろそろ昼食にしよう。幸い、飯屋もすぐそこにある」

視線の先には、お昼時だからか、小ぶりの人波によってごった返すレストランが見受けられた。

——いいよな？

という意味を込めて投げ掛けた言葉に、タイムラグなしで柔和な笑みが返ってくる。

「分かりました」

肯定を示すフェリの声に頷いて、俺達はそのレストランへと足を進めた。

外から見ても分かる程に繁盛しているそのレストランに足を踏み入れると、席待ちをする者も何人か見受けられた。

これは随分と待つ事になるかなと思った時。

「……おや？」

そんな素っ頓狂な声が、騒がしいレストランの中でもどうしてか俺の耳に届いた。

それは、どこか聞き覚えのある声。

ごくごく最近耳にしたモノであった。

「うげっ」

続け様に聞こえた、嫌悪感丸出しの引き攣った声。

幼さの残る少年然としたその声にも、心当たりがあった。

そちらに視線を向けると、そこには四人用のテーブルにて食事をとる二人組の姿が。

俺と歳の頃はそう変わらないであろう少年と、歳だけ見ればその少年の母親と取れなくもない女性。

「お久しぶりですね。ファイ・ヘンゼ・ディストブルグ」

名前を呼ばれた事で、先程の声が己に向けられていたものだったのだと確信に至る。

そこには見知った顔があり、以前お世話になった人物がシチューのようなモノを食しながらこちらを見つめ、笑っていた。

「……お知り合い、ですか？」

彼女らと面識のないフェリが、そう言って小首を傾げる。向こうの二人は、身なりからフェリが使用人かなにかだろうと判断できていたのか、関係性への疑問を口にしたのは彼女一人だった。

「リィンツェルで世話になったんだ」

そう言うと、相手の女性の方は喜色を深め、覚えてくれているようで何より、と言わんばかりに笑んでみせる。

「名をドヴォルグ・ツァーリッヒ。今は水の国リィンツェルを拠点に活動をしております、しがない商人です。そしてこっちの少年は私の護衛」

見覚えのある少年は食事の手を止めてから、どうも、とフェリに向かって頭を下げた。

「なんで俺には『うげっ』で、フェリにはそんな礼儀正しいんだよ」

「……出会いが出会いだからだよ」

少年に恨みがましく言ってやると、彼もまた、嫌そうにそう答えた。

見るからに険悪ムードであったからだろう。

割り込むように、フェリが挨拶をする。

「ディストブルグ王国王城にて、メイドとして働かせて頂いています。フェリ・フォン・ユグスティヌと申します」

フェリの意図は実に顕著で、俺も少年もこれ以上のやり合いは不毛と判断して口ごもる。

そして俺は、少年から『豪商』――ドヴォルグ・ツァーリッヒへと視線を移し、ふと思った疑問を投げかける事にした。

「ところで、なんでアンタがここに？」

「私は商人ですよ。あくまで拠点がリィンツェルであるだけで、商人とはどこにでもいるものです」

ですが、まあ……と言い淀みながら、ドヴォルグは眉間に皺を寄せる。

「今回は貴方に会いに来たんですよ。ファイ・ヘンゼ・ディストブルグ。どちらかと言えば貴方が本命。商売はついで、ですね」

「……俺に？」

「ええ。『貸し』を返してもらおうかと思いまして。とはいえ、長話に立ちっぱなしというのもアレですし――」

四人用テーブルの、ちょうど空席となっていた二つの席に目をやりながら、彼女は言う。

「良ければ、相席でもどうです？」

「……座れ、の間違いなんじゃないか？」

「たとえ『貸し』であろうと、これはあくまでお願いです。いち商人が、一国の王子相手に命令だなんてとんでもない」

約束にシラを切るならそれはそれで構わないし、無理だと言うなら強要はしない。遠回しにそう言っていたドヴォルグであったが、『貸し』という言葉に心当たりがある俺にとって、席につかないという選択肢なんてあり得なかった。

「フェリ」

その呼びかけで全てを察したのか。彼女は何も言う事なく、席に向かって歩き出した俺に付いてくる。

そして俺とフェリが椅子を引いて腰掛けた事を確認するや否や、「ありがとうございます」と柔和な表情を浮かべながらドヴォルグは礼を述べていた。

「それで？」

彼女の言う俺が返すべき『貸し』とは、リィンツェルにて船を貸してもらった事に対する『貸し』であった。

船を貸してくれるならなんでも言う事を聞く——当時俺はそう言ったが、いざ船を返しに行くと、『これは貸しにしておきます』と告げられたのだ。

勿論、この件はフェリ達がいない時を見計らってのものだ。だから、俺とドヴォルグ、そして目の前の少年以外は知る由もない話である。

「ファイ王子は、古代遺産というものをご存知で？」

「古代遺産？」

他国の情勢どころか、生まれ故郷の国の歴史すら満足に知らない俺がそんな事を知るはずもなく、仕方なしに疑問を疑問で返した。

「今から……そうですね。千年以上前の話でしょうか」

そう言って、ドヴォルグは懐から古びた手帳を取り出した。随分と使い込まれた、年季の入った手帳だ。

「まだ、国といえる国すらもなかった時代。真っ当な倫理観が一切存在しなかった時代に生まれた遺物。それが古代遺産です」

ぺらぺらと、古びた手帳を彼女がめくっていく。

けれど、中身は白紙ばかりであった。

「文字すらまともに存在していなかった時代なので、文献なんてものも全く存在してません。あるのは暗号のような壁画が精々」

彼女が何を言いたいのか。

何をもって俺に『貸し』を返させたいのかが、全く見えてこない。

「そして、その暗号染みた壁画を『帝国』のある学者が解明したと噂が立ったのが、かれこれ数年前の話。加えて、古代遺産が見つかったとされる場所で、何やら帝国の人間が怪しい動きをしている、という話が私の耳に届いたのがつい先日。聞けば、ディストブルグは帝国にわずらわされているとか」

「……耳が早いんですね」

そう答えたのは俺ではなく、フェリだった。

「情報を命綱に私達は商売をしていますから」

どうにもフェリは情報の出どころが気になって返事をしたようであったが、ドヴォルグはそれに答える気はないようで、ありきたりな返事だけが戻ってきた。

「で、その古代遺産とやらの話は分かったが、結局俺は何をすればいいんだ」

「簡単な話です。貴方には、〝真宵の森〟と呼ばれる場所に向かって頂きたいんです」

真宵の森？　と小声で疑問を漏らすと、フェリが半ば呆れながら「ディストブルグ領内の南東に位置する森の名前です」と補足をしてくれる。俺は知識がすっからかんだと知っているフェリだからできる早業であった。

だけど、その言葉を聞いてふと、疑問が湧く。

「……ディストブルグ領内に帝国の人間が？」

スパイや、はた迷惑な能力を持ったイディス・ファリザードなど、最近は襲撃が多かったがそれでも、ディストブルグがそんな大規模な他国の侵入を簡単に許す国だとは思えなかった。何しろ、フェリ曰くああ見えて父上も中々に優秀だそうだから。

「真宵の森なら……いるやもしれませんね。あそこだけは警備が杜撰ですから」

歯切れ悪く、フェリが言う。

どうしてか、いつもと様子が違っていた。

「まぁ、あの場所に関しては聞くより見た方が早いでしょうし、何も問題はありません」

無責任に言い捨てるドヴォルグに対し、いや問題あるだろうが、と言ってやりたかったが、これ以上話の腰を折るのも気が引けて、口に出す事はしなかった。

「恐らく、帝国の人間であればディストブルグの人間——特にファイ王子を見た暁には、有無を言わせず襲い掛かってくるでしょう。なので貴方には、帝国の人間の掃討をお願いしたいんです」

で、と続けるドヴォルグ。

「注意がファイ王子に向いている隙に彼が遺跡に入って、帝国の研究結果諸々を掻っ攫うという寸法です」

そう言ってぽんと肩に手を置かれた少年は、話の内容を全て承知の上……ではなかったのか。

「お、大旦那っ!? 聞いてませんよそんな事!!」

目を剥いて、物凄く慌てていた。

「……あの時の『貸し』の分は働くつもりだ。が、そんな事をして帝国のヤツに恨まれても、俺は知らないぞ」

一応とばかりに俺はそう忠告するが、返ってきたのは柔和な笑顔であった。

「得てして、商人という生き物は知りたがりなんです。それに、お金の匂いがします。途轍もなく」

ほんの僅かだが、生娘(きむすめ)のように頬に朱が差した彼女は、心底楽しそうに言ってのけた。

正直言って、その気持ちには全く共感できなかった。

「商人ってのは随分と面倒な生き物だな」

「ええ。あの時代は特に、興味深い話が多いですから。中でも目立って有名な名前といえば、アレですかね」

空白だらけの手帳の中から、何事かが記載されていたページを、ドヴォルグが読み上げる。

「古今無双と謳(うた)われた剣士が、あの時代には存在したらしいですよ。確かその者は――〝剣帝〟。そう呼ばれていたとか」

# 第十七話　迷いの森

「……あんな安請け合いしてよろしかったのですか」

フェリがそう口を尖らせる。

俺はスプーンとフォークでパスタを口に放り込みながら「ああ、いいんだ」と何気ない口調で返す。

言いたい事を言って満足したのか、ドヴォルグは既にこの場にはいない。

三日後の正午、ウォリックの店の前で待ち合わせだと一方的に告げて、混み合うレストランを後にしていた。

「ま、約束だしな」

〝約束〟。あまりに陳腐なふた文字。

なれど、俺にとってそのふた文字は、何よりも重く圧し掛かる言葉であった。

〝約束〟という言葉に対して、俺は異常な程に頑なになる。それをここ最近の付き合いで承知していたからか、フェリは観念したように小さくため息を吐く。

「……なら、仕方ないですね」

「そ。仕方ないんだ」

伊達に付き合いの長くないフェリは、他にも言いたい事がある様子であったが、そんな気も失せたのか。手元のパスタへと視線を落とし、仕方がないですねとばかりに笑みをこぼした。

「ところで。〝真宵の森〟っていうのは？」

聞くより見た方が早い、と言うドヴォルグがいては話が進まないと考えていた俺は、彼女がいなくなったこのタイミングで、疑問を口にする。

「恐らく、〝迷いの森〟と言った方が分かりやすいですね」

「迷いの、森？」

『真宵（まよい）』と『迷い（まよい）』。イントネーションの僅かな変化に眉根を寄せながら、俺は再び尋ねる。

「というより、元々は〝迷いの森〟と呼ばれていたんです。ですが、先代陛下が自国の領内にそんな物騒な名前の場所があるのは如何なものかと、『真宵』と改めました」

人を惑わす類いの場所である、とフェリが口吻（こうふん）を漏らすと同時に俺の頭に思い浮かんだ、一つの光景。

以前の生でも、人を惑わす森に出合った事があったな、という記憶を思い起こしながら、俺は何気なく口を開く。

「人を惑わす森。だから、警備の人員も割く必要がない。天然の要塞、みたいなもんか」

向かうとなれば、面倒臭い事になりそうだ。

未だ俺の休養日はやってこないのかと項垂れながら、またフォークで巻いたパスタを口の中に放り込んだ。

「…………」

「ん？」

思わず口をついて出た一言だったが、フェリの捉え方は違ったのか。彼女は心底驚いたような表情を浮かべながら、惚（ほう）けた様子でこちらを見つめていた。

「……前々から思っていましたが、寝腐っている割には殿下って話の内容をちゃんと理解しているんですね」

脳味噌まで腐ってるんじゃないかと心配してました、と毒を吐くメイド長。彼女が睡眠に対して寛容になる日はきっと一生来ないのだろう。

「寝腐ってる、は余計だけどな」

でしたら、もっとまともな生活を送ろうと少しは努力をしてください、とフェリは続ける。正しく、苦言の嵐であった。

「父上にはこの事を言った方がいいか」

先日の食事で連盟首脳会議(クーリア)の話題が出た際、ハッキリと明言こそされなかったが、俺もそれに参加しろと暗に言われたと理解していた。

連盟首脳会議(クーリア)がいつ行われるかは定かでないが、そう遠くない未来である事は確定事項。もしかするとトントン拍子に進み、近日中に開催される可能性だって捨てきれない。

対して、〝迷いの森〟での活動に関しては時間が全く読めない。

迷いに迷った結果、途方もない時間を要す事となり、挙句、連盟首脳会議(クーリア)に間に合わないという可能性も無きにしも非(あら)ず。

「そう、ですね」

流石のフェリも、これには言葉に詰まって曖昧な返事をしながら、考え込む。

フェリからしてみれば俺には大人しく連盟首脳会議(クーリア)に備えていてほしい事だろう。にもかかわらず。

「……行くのであれば、伝えておくべきでしょう」

フェリが言い辛そうに言葉を漏らす。

ディストブルグ王国の〝英雄〟として知られてしまったこの俺、ファイ・ヘンゼ・ディストブルグが不在ともなれば、本来居るはずであった人物の不在に対し、違和感を抱く者もいるやもしれない。以前までは〝グズ王子〟と揶揄されるだけで済んでいたが、時勢がそれを許してはくれなくなっている。

「だよな。ま、父上にはちょうど、用事もあったし、ものはついでだ」

働き詰めな俺の休養に関する交渉、という用事が。

そう心の中で付け加えると、心なしかフェリの目付きが鋭くなった。

エスパーかよ。

「あー、でもそうだな。そうなると、アレもやっておかなきゃいけないか」

ふと、己の数少ない習慣ともいえる事が脳裏をよぎり、歯切れ悪く言葉がポロリと漏れ出た。

最後に変えたのはいつだったたか。

記憶を遡り、『花屋』に最後に行ったのはリィンツェルへの出立前だったと思い出す。

「アレ、というと……何か用事でもあるんですか?」

そういえば、買い出しは常に一人だったっけかと今更ながら気づく。

「そんな大層な話じゃないさ。多分、フェリも知ってると思うぞ」

「……？」

「花だよ。花。常に俺の部屋に飾ってるだろ？　七輪の赤い花が」

ああ、と。フェリが納得したとばかりに声を漏らした。

「そういえばいつも飾ってますよね、あの赤い花」

「綺麗だろ？　ま、手入れは基本ラティファに頼り切りなんだけどさ」

はじめは自分で手入れしていた。が、ラティファが意外に花好きであったのか、飾り始めてすぐの頃に、殿下は下手っぴなので私が代わりにしますよ、と彼女から言ってきた。

「大体ひと月を目安に買い直してるんだけど、長くなるようならもう変えておこうかなって思ってな」

「そういう事でしたか」

「そういう事。だから明日にでも、花屋のところに行くとするさ」

今行くとドヴォルグとばったり会ってしまいそうだしな、と小声で付け足すと、そうですねとフェリも苦笑する。

「そういえば殿下って、お花が好きですよね。庭園にもよくいらっしゃいますし……何か理由でもあるんですか？」

「理由、か……」

言われて、思い返す。

けれど、理由と言える理由は見つからない。

庭園に入り浸るようになっていたのだって、理由は何となく。

あえて言うとすれば……自分ですらよく分からないその感情を、思ったままに口にする。

「落ち着くから、かな」

元々、花を愛(め)でる趣味なんて持ち合わせていたわけではなかったし、今だってそんな高尚な趣味はない。

ただ、落ち着くから。本当に、それだけ。

「そうでしたか」

あやふやな返事。

でも、フェリはそれ以上聞く気がなかったのか。

聞くべきじゃないと踏んだのか。

彼女は優しげな笑みを浮かべ、そう言って言葉を切った。

俺とフェリ、二人共が食事を終えた事を確認し、俺は席を立つ。

その時。

聞きそびれていた事があったのか、フェリが不意に尋ねてきた。

「……ところで、部屋に飾ってる赤い花。あれってなんて名前なんですか?」

ん？と振り返った俺だったが、すぐさま、なんだそんな事かと答える。

「花言葉は、また会う日を楽しみに。彼岸花って花なんだけど……洒落てるだろ？　俺にしてはさ」

きっと懐古の色を浮かばせながら、俺はそう言って微笑んだ。

## 第十八話　〝英雄〟――『心読』

「――――ドク!!　おい！　聞いてるのか!!」

昏い、暗い遺跡。その地下。

怪しげな紋様じみた壁画に四方八方から覗き込まれる空間。常ならざる陰気が漂い、気は淀む。

四隅に設えられた篝火によって広がる暖色の光だけが頼り。

最早そこは、異空間と言って差し支えがなかった。

「……煩い。今『心読』してるのは見て分かるだろう。雑音が混ざると記憶が混濁する」

〝ドク〟と呼ばれたサングラスを身に付ける男性は、壁画に右の掌を当てながら不機嫌そうに、煤けた薄緑色の軍服に身を包む男を一瞥した。

「してるしてると言っているが、一体何日かけるつもりだ!?　適当な事を言って誤魔化しているだけじゃないのか⁉」

男達がこの遺跡にやってきてから、既にひと月以上が経過していた。当初は一週間程度での帰還を予定していたのだが、手際が悪いのか、はたまた苦戦しているのか、こうして延長に延長を重ねてしまっている。用意していた食料も一週間分であった為、現地調達を余儀なくされていた。

そうした状況で、軍服の男は焦っていた。

そろそろ外部からの介入があるのではないか、と。

「……古代遺産ってのはそう簡単に分かるものじゃない」

サングラスの奥に潜む瞳に湛(たた)えられた感情の色は、本人にしか分かり得ない。けれど、言い放たれた声音は確かに怒っていた。

「……あと、一週間だけだ。それ以上は待てん」

最終通告だとばかりにそう言い捨て、軍服の男がその場を後にしようとしたその時。

「らしくないな」

声が響いた。

「……なに？」

「らしくないと言った。天上天下唯我独尊(ゆいがどくそん)を地で行く帝国。その直属の軍人とは思えない弱腰の発言だ」

背を向けていた軍服の男は、肩越しに振り返る。

そしてそれを見計らったように、サングラスの男性は口を開こうとして――

「やめろ」

軍服の男が制止した。

「今お前、『心読』をしようとしただろ」

「……さあ」

「チッ」

何か言いたげな様子であったが、軍服の男は一度舌打ちをしただけで、今度こそその場を後にした。

「物分かりの悪い連中はこれだから……」

――面倒臭いんだ。

その言葉を最後に、表情から強張りがすうっと消え、僅かに顔を綻ばせながら男は改めて壁画に向き直る。

男の名は――コーエン・ソカッチオ。

自称考古学者であり、本人が持つ能力にちなんだ『心読』という二つ名が知れ渡る――〝英雄〟。

先程軍服の男が呼んでいた〝ドク〟という呼び名も、『心読(ドク)』から来たものである。

「怒り。憎しみ。憤怒。怨嗟。そして――――救済と、孤独」

『心読』のコーエン・ソカッチオ。

彼の能力はその呼び名通り、心を読むモノ。

だが、それは生物に限らず、モノですら対象となる。

壁画に手を当て、『心読』を行使するや否や、彼の頭の中に流れてくる感情は、黒く濃く塗りつぶされた負の感情一色。けれど、その悪感情の中に時折、助けを求める声が混ざり込む。

しかし、その掠れた小さな声はすぐに憎悪に塗りつぶされた。

そして、跡形もなく消えてなくなるのだ。

「……世界の、やり直し」

読み取れる言葉はこれが限界であると悟り、コーエンは壁画から手を離した。次いで、一歩、二歩と後ずさる。

眼前に広がる壁画。どこか見覚えのある異形の絵を眺めて一言。

「この化け物は……あの怪物、か」

帝国に所属する人間で、それなりに内部に食い込んだ者であれば周知の存在となっている生物兵器。

人間にある種の成分を取り込ませる事で生み出されるその『怪物』が描かれた壁画を見て、コーエンは平坦な声音で呟いた。

彼らの身体は、無数のナニカによって貫かれている。

きっと、これが怨嗟の正体。壁画に描かれた『怪物』の表情は、苦悶に歪められていた。

「まるで、討伐されているかのような。そんな絵だ」

剣を振るう剣士の絵が一つ。

それは、その身一つで壁いっぱいに描かれた『怪物』を相手に戦っているようだった。

「アレを相手にこの大立ち回り。まるで絵本の中の『英雄』、だな」

そう言って、コーエンは天井を仰いだ。

薄く照らされるそこはまるで、暗雲に閉ざされた天を思わせる黒色であった。

「……歴史とは、繰り返されるものだ」

考古学者を名乗る人間だからこそ、コーエンのこの言葉には重みがある。実感がある。繰り返されてきたという、知識がある。

「それが摂理であり、定め」

ならば。

「あの『怪物』を生み出した我々は『怪物側(悪)』……になるのだろうな。く、くくっ。くははっ」

アレが人倫を逸脱しているという事など、勿論コーエンはとうの昔に理解している。だが、既に止まれない。元のレールには、もう戻れない。

進んだ道を引き返す事など、できないのだ。賽(さい)は既に投げられた。

「……思えば、ここの遺跡は別格だった」

コーエン・ソカッチオは、彼が『怪物』と呼ぶ異形の復元に多大な貢献をしてきた一人だ。言わずもがな、記憶や感情、思考を読み取る能力である『心読』を以てして。

そんな彼でも上手く読み取れない程に、この遺跡はどす黒い感情が濃く滲んでいる。

瘴気。妖気。

そういった常ならざる空気が漂い、怨念のような想いが特別強く込められたこの遺跡だからこそ、コーエンは別格と称した。

まるで、仇がすぐ近くにでも、いるかのような。

故に、感情を除いた情報が全くと言っていい程入ってこない。幾ら『心読』ができようと、万の情報から一を抜きとる事は途方もない行為なのだ。

「何かがあると。否が応でも、そう思ってしまうだけの何かがここにある」

――――間違いなく。

言葉にこそしなかったが、コーエンはそう確信していた。

「考古学者を名乗る手前、避けて通るわけにもいくまい。たとえそれが、嵐のような暴風だとしても」

そう口にした彼の視線は、壁画のとある一点に向いていた。

「は、ははっ。ははは、やはり楽しいな」

肩を震わせ、弾けたように哄笑する。

「歴史とは未知だ。だからこそ、面白い。心が躍って仕方がない」

悠然と、身に付けていたサングラスへと右の手を伸ばす。顔から離すようにゆっくりと、外す。

コーエンの右の瞳は、既に光が失われていた。

一筋の剣線による傷痕が、右の瞳を真っ二つに割って首元まで伸びている。

それは傷であり、思い出であった。

コーエンが、とある遺跡にて負った傷痕。

「なぁ、聴かせてくれよ。その音色を、歴史の、声を!!」

声を上げる。

高らかに響かせる。

答えるはずもない遺跡に向かって、壁画に向かって、訴えかける。

「その剣士は一体誰だ!?『怪物(お前たち)』は一体誰に滅ぼされた!? 過去に何があった!? 教えてくれよ!! なあ! なあ――――ッ!!!」

声は止まらない。

疑問は止まない。

好奇心は、溢れるばかり。

「は、ははっ!! はははははははハハッ!!!!」

不気味な笑い声はいつまでも、どこまでも響き渡る――――

## 第十九話　ラティファ

「——ところで」

どこか呆れの混じった声音。

俗に言う〝ジト目〟というヤツで一人の女性を見つめながら、俺は口を開いた。

「……なんでラティファが付いてきてんだよ」

「なんでって、そりゃあ護衛役ですよ護衛役！　最近は殿下が周りから大人気ですからね。メイド長一人じゃ手が足りないかもしれないという事で、私も同行するようにと言いつけられてしまったんです……って、その話昨日もしませんでしたっけ。ああっ、遂にディストブルグの秘密兵器と呼ばれた私が表舞台に……!!」

秘密兵器って……そうなのか？と、普段とは異なり動きやすい私服姿にて隣を歩いていたフェリに視線を向けると、「初耳です」と返ってきた。おい。

「あ、それより見えてきましたよ。言っていたお花屋さん」

何しれっと嘘をついているんだと。責めるような眼光を浴びせるも、ラティファは素知らぬ顔で露骨に話を逸らし、指をさす。

前を見ると、ラティファが言った通り、つい二日前に花を買いにと一人で向かったばかりのウォリックが経営する『花屋』があった。

『豪商』ドヴォルグ・ツァーリッヒと別れて既に三日が経過しており、父上からも外出の許可は頂いていた。

が、その際にある条件を出されていたのだ。

それが、ファイ・ヘンゼ・ディストブルグ付きメイドであるラティファをフェリと共に同行させる事であった。

はじめは笑えない冗談だと思っていたのだが、実際にこうしてついてきてしまっているのだから、驚愕せざるを得ない。シュテンが強引にラティファを俺付きメイドにねじ込んだ時のように、何か裏取引のようなものでもあったのかと勘繰りながらも、俺は首肯する事にした。

「……そうだな」

ラティファは王子付きに任命される程度には腕が立つらしい。

けれど、普段の人を食ったような態度や、能天気な姿しか見ていない俺としては不安でしかなかった。

何より、腕が立つと言われても、何故か俺にはラティファが戦う姿がイマイチ想像できないのだ。

睡眠の邪魔をしてきたり、メイド長であるフェリに俺を差し出したり。シュテンと結託したり。

兎にも角にも、そういったイメージしか頭に湧いてこない。

「そういえば、遺跡へはもう一人同行者がいるんでしたよね？」

父上に詳細を話す際、ラティファも近くにいたなと思い出しながら、俺は「ああ」と首肯する。

「ちなみにどんな方なんですか？」

「そう、だな……一言で言うなら」

ドヴォルグが同行させると言っていたあの少年について思い返す。ドヴォルグに会いに足を向けたリィンツェルの『裏街』にて、ならず者に狙われたところを嘲笑されたのが出会い。

それからというもの、少し距離を取られ、久しぶりに会ったと思えば『うげっ』である。

だから、あの少年のイメージを俺が言葉に表すとすれば――

「――性格の悪いクソガキ」

そう言うや否や。

「性格が悪いクソガキで悪かったね」

噂をすればなんとやら。少し離れた場所からそんな声が聞こえてきた。

青筋を浮かべながら恨みがましい言葉を飛ばしてくるのは、ラティファとの話題の渦中にあった少年その人であった。

「そうそう。ちょうどこんな感じのやつ……って」

――本人かよ。と、言葉を後付けする。

「ま、性格については自覚があるし、そこはどうでも良いんだけど……それより、その人も付いて

くるの？」

ゆったりとした歩調でこちらに歩み寄りつつそう言った少年は、見送り役、にしては随分と動きやすい身軽な格好をしていたラティファへと視線を向け、次いで俺を見る。

「らしい」

問いかけられた俺は、本意ではないと言わんばかりに答える。

しかし少年としては、今回の同行者なのか違うのかという部分こそが重要であり、俺の感情はどうでもいいんだろう。「ふぅん」とだけ漏らし、またラティファに視線を移した。

そしてジッ、と吟味するかのように目を細め、見つめ始める。

「あ、あの？」

そんな視線が約一〇秒。

流石にこうも値踏みじみた視線を浴びせられれば、ラティファとしても思うところがあったんだろう。遠慮気味に小首を傾げるが、返ってきたのはたった一言。

「似てるね」

「似て、る……？」

誰よりも早く疑問を漏らしたのは、俺だった。

「雰囲気って言うのかな。君と、どことなく似てる気がした」

「俺と、ラティファが？」

「そうだよ」

予期せぬ指摘に眉根を寄せながらも、その言葉の真偽を確認するように、俺はラティファへと顔を向け——

「愛の告白ですか？」

「どう考えても気のせいだろ」

キョトンとした表情を浮かべてとぼけた事を言うラティファの声を聞くや否や、俺は抱いていた僅かな逡巡をかなぐり捨てて少年の言葉を一蹴した。

そのついでとばかりに、鋭い怒りを含めて睨みつけておく事も忘れない。言葉ではなく眼光で、お前の目ん玉は腐っていると訴えかけておいた。

「でも、さ——いや、あえてぼくが言う必要もない、か」

少年は何か言いかけて、口ごもる。

しこりをあえて残すような物言いに違和感を覚える。しかし、言いたい事があるならさっさと言ってしまえ、と俺が口にするより早く、少年の言葉が続いた。

「ごめん。やっぱ何でもないや」

あはは。と苦笑いを浮かべ、少年は謝罪を述べる。

けれど、ほんの一瞬。

視線を下へ向けて、彼が独りごつ瞬間を俺は見逃さなかった。

――――ディストブルグはパンドラの箱か何かなのかなあ……！

しかし、聞き取れたその言葉の意味は、残念ながら俺には理解に及ばない。

何がパンドラの箱なんだと考える俺をよそに、少年はおもむろにズボンのポケットへと手を伸ばし、チリン、と音を立てる何かを取り出した。

「はい。これ一人一つずつ持っておいて」

「これは？」

「はぐれてもすぐに見つけられるようにする為の魔道具。結構な値打ちものだから管理には気をつけてよ」

見た目は何の変哲もない、音も特別変わっているわけでもない赤色の鈴。

「はぐれた時にこの鈴を鳴らせば、互いの位置を知らせてくれるようになってるから……とはいっても、今日向かうわけじゃないし、詳しい説明はまたするから。だから、今は取り敢えず持っておいてくれればそれでいいよ」

「……そうなのか？」

思わず、問い返す。

てっきり今日向かうものだとばかり思っていた俺にとって、その発言は意外の一言だった。

「三日の期間はコレを用意する為であって、〝迷いの森〟に向かうのはまた別の話」

そう言って、少年はこれ見よがしにチリンと一度鈴を鳴らす。

「そもそも、鈴を用意したくらいで迷わずに済むなら〝迷いの森〟だなんて大層な名前で呼ばれるはずもないしね」

「……あの場所は、魔道具ですら狂わせますからね」

　苦虫を噛み潰したような表情で、フェリが少年の言葉を補足する。

　魔道具ですら狂ってしまうなら、わざわざこの鈴を持っていったところで意味はないんじゃないのか、そんな疑問を抱くと同時。

「だから、機を待つ必要があるんだよ」

　こちらの内心を見透かしたように、少年の声がした。

「〝迷いの森〟全体に張り巡らされている、魔道具すら狂わせる膜。それによる効力が薄くなる限られた期間を、ね」

「……なるほど」

「その時なら、まだこの魔道具の効果が見込める。だから、機を待つ為にもひとまず〝迷いの森〟近辺の町にこれから移動するよ――『フィスダン』。そこがぼく達が向かう場所。恐らく、帝国の連中が一般人に紛れて既に何人かいるはず。だから、必要以上に目を付けられたくないなら、名乗る際は偽名を使うんだね」

　特に、そこの王子さま。そう言って少年は俺を指さす。

「あと、殿下って呼び方もやめた方がいいかな。ディストブルグ領内で殿下といって想起されるのは君と、グレリア王子くらいだからさ」

## 第二十話　シヅキ

フィスダン。

〝迷いの森〟と隣接するそこは、人の少ない街と思われがちであるが〝迷いの森〟があるからこそ、戦火とは無縁の安全地帯である。それ故に人が集まり、閑散とは程遠い街であった。

俺達がディストブルグを出立してから幾許(いくばく)かの時間が過ぎており、既にフィスダンに到着している。

今、俺の傍らにフェリの姿はない。ただ長めの得物が一つ。影色の剣――〝影剣(スパーダ)〟が立て掛けられている。

というのも、何やらドヴォルグの護衛役であった少年がフェリに用があったらしく、半ば強引に、少し借りるね、とどこかへ向かってしまったが為に、こうして二グループに分かれてしまっていた。

その為、言わずもがな俺のペアとなったのは――

「い、つ、ま、で!!　寝てるつもりなんですか!!!　殿下ッ!!」

今まさに俺に向かって怒鳴っている茶髪の女性――ラティファであった。

「取り敢えずフェリ達が帰ってくるまでだろうなぁ」

フェリが帰ってきたなら無理矢理にでも起こされるだろうし——そんな諦念を言葉に込めながら、俺は布団を頭から被った状態のまま、目を怒らせながら思い切り布団を引っ張ってくるラティファに対してくぐもった声音で返事をする。

「情報収集はフェリ達がやってくれるだろうし、俺達はゆっくり昼寝でもしてようぜ」

だからおやすみなさい。

そう言って俺は布団に包まり、身体を丸めた。

機を待つのだから、自ずと泊まる宿屋も必要になる。

という事で、ドヴォルグの護衛をしていた少年が一人部屋、俺とフェリとラティファが三人部屋で、チェックインを済ませていた。

そしてこれ幸いと俺が心置きなく昼寝を堪能すべくベッドにダイブした直後より、この不毛なやり取りは繰り広げられている。かれこれ一五分は経とうとしているにもかかわらず、収束する気配はなかった。

「ダメです!!　認めません！　そんな甘ったれた事はこの私が断じて認めません！！！」

「……本音は？」

「先日、メイド長とは二人でご飯に行ったくせに、どうして私は誘ってくれないんですか!!　今こそ絶好の機会ですよ！　美味しい食べ物奢ってください!!」

ダメだこのポンコツメイド。

相変わらずのポンコツ具合を発揮するラティファの声をこれ以上聞くまいと、両の手で耳を塞ぎながら俺は閉口した。

「殿下ー！　殿下ー！　でーんーかー!!」

ゆさゆさとラティファが揺らしてきて、忙しなく身体が動く。

「いいんですかー？　本当にこんな事しててていいんですかー？」

にまにま。

布団に包まっている為に彼女の顔は見えないが、声の抑揚具合から、そこらの悪人も顔負けのあくどい表情を浮かべてるんだろうなぁという事は分かった。

だが、あえて反応をしない。付き合ってられるかとばかりに、俺は聞こえていないフリを敢行する。

「もしこの事が何かの拍子にメイド長に伝わっても、私は知りませんよー？」

何かの拍子って、それお前が告げ口する以外にないだろうがッ。と、ツッコミたいと思う感情を抑え、俺は辛抱強く今の状態を維持する。

そもそも、ラティファは俺の睡眠への執着をナメているのだ。つい数ヶ月前まで、一日の大半を睡眠に費（つい）やしていたというのに、今やその頃の半分にも満たない状況。

つまり、俺の限界パラメーターは人知れず、とっくの昔に振り切れていたのである。

「ふ、甘いな。数ヶ月前の俺ならばまだしも、今の俺にその言葉は通用しない。我慢して怒られない選択肢、我慢せずに怒られる選択肢。今の俺は迷わず後者を選ぶ。というわけで、メイド長が帰ってくる三分前に起こしてくれ」

「ぐ、ぐぬぬぬ」

ラティファの予定通りに事が進まなかったからか。

歯軋り（はぎし）りをしながら忌々しげに唸る音が数十秒程続き——

「……分かりました。そういう事なら私にも考えがありますからね!!」

今度は捨て台詞のような声が聞こえた。

ぶっちゃけ言って、嫌な予感しかしない。

しかしながら、俺は既に寝ると決めたのだ。たとえフェリに怒られる事になろうが、ゆっくりと熟睡し、日々の疲れを癒してやると。

だから、ばさり、ばさりと。

衣類のようなものが重ねられていく物音と、段々と圧迫感やら重量感が増していく、俺を包む布団に違和感を覚えながらも、無言を貫いた。俺は頑として動かないぞという鉄の意志を貫いた。

……貫く、はずだったのだ。

「殿下がつれないので、私は一人寂しく玉転がしをしようと思います」

玉なんてあったっけか。

などと思った直後。

俺の身体が、視界が、世界が、ぐらりと揺れ動いた。

「ちょ、おま、まさ……かッ」

どうして急に、俺を包む布団に謎の重量感が加わったのか、その疑問が氷解していく。そして、カチリと。欠けていたパズルのピースが埋まった音が、どこからともなく聞こえた気がした。

「ご安心ください。殿下に少しくらい粗相をしたとしても特別におれが許す、とシュテン殿下よりお許しを頂いていますので!!」

「全ッ然安心できねえよ!!? くそ!! シュテンのやつふざけんじゃねぇぞ……!!」

重ねられた布団の数々。

丸まっていた事が災いし、上手い事ボールっぽい何かが出来上がってしまっているんだろうなあという事は、その中心部にてぐるぐる巻きにされていたからこそ、否応なく分かってしまった。

「どりゃあああああああ————ッ!!」

「わ、分かった!! 起きる!! 起きるからやめ、うっぷ、吐く、マジ吐きそう……おぇ」

ベッドから無理やり降ろされ、布団に遮られた視界の中、ぐるんぐるんと容赦なく揺さぶられる。

が、開始早々に白旗を上げた俺の一言によって、ラティファの暴走はすぐになりを潜めた。

「本当、ですか?」

「マジ。今回はマジのマジ。超マジだ」

目眩を起こし、ちょっとした吐き気に襲われながらも、俺は語彙力の吹っ飛んだ頭で必死に彼女の言葉を肯定しようと努める。布団から顔を出していたならば、壊れたブリキの人形のように首肯していた自信すらあるくらいだ。

「ふぅん、ですがどうにも怪しいですねえ……」

「いや！　怪しくないだろ!!　もうやめろよ!?　マジで吐くから!!」

「本音は？」

「このポンコツメイドふざけんな」

「やっぱり玉転がしを続けようと思います!!」

「あ、今のウソ!!　ウソだから!!　まじ、ウソなんだよ!!　信じろよ、おい、おい……おいいいいいいいい！！！!?」

悲鳴を上げる俺に構わず、ラティファの暴挙は三分にもわたって続き——


「し、死ぬかと思った……」

こんな事なら無理矢理にでもフェリについて行くんだったと。

後悔の念を前面に出しながら、俺は息も絶え絶えに言葉を漏らす。

そして全身を気持ち悪い汗で濡らしながら、覚束(おぼつか)ない足取りでベッドに腰掛け、恨みがましく諸悪の元凶を睨みつけている。

「殿下もすっかりお目覚めの様子ですし、取り敢えず、あの少年が言ってたように偽名を決めましょうか！　何をするにせよ、この街ではそれを決めなければ始まりませんからね！」

しかし、俺をこんな風にした当の本人はといえば、柳に風といった様子で話を進めている。

それを見て、何故か睨みつけるのすら馬鹿らしく思え、俺は力なく天井を仰いだ。

「偽名、ねえ」

そう言いながら視線をラティファへと戻す。

偽名というワードを耳にし、真っ先に脳裏に浮かんだのは、ファイ・ヘンゼ・ディストブルグと呼ばれる以前の名であった。

けれど、思い浮かんだにもかかわらず、その言葉はすぐには俺の口を衝（つ）いて出てはこない。何故ならば、最期まで剣に殉じた『＊＊＊（シヅキ）』という名前は、既に死んでいるから。だから、躊躇いが思考に割り込んでくる。

今はまだ死ぬつもりのない俺だからこそ、死人の名を使うべきではない、と。

なのに、ファイ・ヘンゼ・ディストブルグ以外の名を使えと言われた時、俺はどうしてもソレしか思い浮かべられない。その理由は多分、思い入れが強過ぎるから。

……いや、違う。

俺は、きっとそう呼ばれたいのだ。

そのキッカケを、心のどこかで欲していたのだ。

誰かに『シヅキ』と呼ばれるその当たり前が何より大事で、好きだった。加えて、最近は随分と

〝影剣〟を手にする事が多かったせいで、感傷的になっているのかもしれない。

失いたくないと思えた人には、名前を呼んでもらいたい。そんな、当たり前過ぎる感情にきっと毒されているのだろう。弱虫で、寂しがり屋なんて言われていた俺は。

特に、まるで先生達のように分け隔てなく接してくるようなラティファ相手には尚更。さっきにしたって、タチの悪いイタズラであろうと悪意は一切含まれていないと分かっている。

だから、孤独を肌で感じさせ、悲哀に塗れてしまっている名前であろうとも。俺の口は、止まってはくれなかった。

「────シヅキ」

今生にて、初めて口にしたかつての自分の名前。

でも、大切な人達に呼ばれ続けてきた名だからか、言葉に上手く表しきれない安堵と、懐かしさが無性に込み上げてくる。

「なら、ここではシヅキでいい」

「シヅキ、ですか」

「そう、シヅキ。それならきっと間違えない」

シヅキと呼ばれるのならば、真に己のものであると思える。不自然さや、違和感は恐らく生まれない。

ファイ・ヘンゼ・ディストブルグという名前を隠さなければならないこの場において、これ以上適した名前はないと、そう思った。

だけど、その名前には掛け替えのない思い出と。

忘れ去りたい悔恨。孤独の味。全てが同居している。

大事なものであり、それと同時になんとしても捨て去りたい失意の象徴でもあった。

「どうして？　と、お聞きしても？」

普段の調子はなりを潜め、これ以上なく真剣な眼差しでラティファは俺に向かってそう尋ねる。

偽名なんだから、大した理由はねえよ。

そう言って誤魔化そうと思っていたのに。

「殿下なら、ご自身の名前から適当に組み合わせでもして名乗るのではと、私は思ってたので」

彼女は一瞬早く、面倒くさがりな俺の性格を理解した上で、そう付け足した。

確かに以前の俺ならば、きっとそうしていたという自覚があった。だから、余計に返答に困ってしまう。

俺は予め用意しておいた言葉を口に出せないまま、ほんの少し口が開いた状態で硬直してしまった。

「だから、なんでなのかなあと思ってしまいまして」

たまたま、ぱっと思い浮かんだ、そう言えばいいだけの話なのに。ラティファの顔を見ているとどうしてか、嘘をついてはいけない、そんな気持ちになった。

「なんで、か」

黙り続けているのもなんだか具合が悪く、俺は困り顔になりながら、彼女の言葉を復唱する。

くしゃりと、軽く髪を掻く。

「……そうだな」

胸に秘めた言葉を漏らせば終わる話。

だけどそれを俺は拒む。

核たる部分を打ち明けるつもりは未だない。けど、知ってほしい。呼んでほしい。そんな二律背反な願いが、己の中のどこかに薄らと存在していた。そして、それを自覚しながら、俺は頭を悩ませる。

なんでなんだろうか。

本当に……なんでなんだろうか。

——それはきっと、ラティファやフェリといった今生での大切な人を見てると先生達(みんな)を思い出すから、じゃねえかな。だから、その言葉がいとも容易く出てきたんだろうよ。

心の内の自分自身が、まるで本心を見透かしたかのようにそう呟いた。影色の剣を抱えた一人の剣士が、どうしてかこちらを見て莞爾(かんじ)と笑っていた。

「多分、そういう気分だったんだろうよ」

でも俺は、自分の心情をそれとなく理解していながら、気恥ずかしさを隠すようにそう、嘯(うそぶ)く。

揺れた感情を上手く隠せているか。

それが不安で、今はラティファの顔を直視できる気がしなかった。

## 第二十一話　思惑

「なあ、ラティファ」

宿屋を後にして数秒後。

「そういえばなんでお前、俺に付いてきたんだ？」

俺の問いは、今この時に関してのものではない。

もっと根本的な問題。どうして、〝迷いの森〟にまで付いてこようとしたのか、である。

「なんで、ですか……」

だが、問いの意図が伝わっていないのか。疑問符を浮かべながら、彼女は小首を傾げる。

「そ。どうして〝迷いの森〟へ付いてきたのか」

フェリが同行する事については納得ができる。

アフィリス以降、ここ最近は常に一緒に行動していたから。恐らく、父上やグレリア兄上も、俺とフェリをセットで考えているに違いない。

だから、彼女が同行する事に関しては異論はなかった。なのに、何故か今回はラティファもいる。

それを考えた時、悪戯好きの兄の顔が頭に浮かんだ。

いい加減に、軽薄にへらりと笑うシュテンの姿が。

けど、表に出そうとはしないが、誰よりも深く思考を巡らせている兄の事だ。理由もなしに、ラティファの同行を許可したわけではないという確信があった。

だから、こうして二人きりな事をこれ幸いと尋ねたのだ。

「そうですねぇ」

俺が何らかの確信を抱いているからこその問い掛けであると、彼女も理解したのだろう。

以前口にした理由を繰り返す事はせず、言葉を吟味している。

「もし私が、遺跡に興味があったんです、と言ったら信じてくれますか？」

「ラティファが遺跡に、ねえ」

「あーっ！　折角、人がメイド長にまで黙ってた秘密を打ち明けようとしたのに、その目！　絶対信じてないですよね⁉」

「いや、だって全然似合ってねえんだもん」

だから仕方ないだろ？と、俺は笑う。

己の発言ながら理不尽な事を言っちまったなぁという自覚はある。だがどうしても、俺の持つラティファという人間のイメージにそれが当てはまってくれないのだ。

「まぁでも、その気持ちは分からなくもないんですけどね」

言われなくとも私にも自覚はあります。

自嘲気味に苦笑いを浮かべるラティファの態度は、まるでそう言っているように思わせる。

「実際、そんなに歴史に興味はありませんから。ですが、今回だけは特別なんです。もし、私の考えが合っていたならば、その歴史を私は知らなければならないから」

だから、付いてきたんです。と、彼女は言う。

普段とは異なった様子から、並々ならぬ事情があるのだとは容易に察せた。ラティファにも、入り組んだ事情があったのだろう。

だから、シュテンが気を回した。そう考えると、違和感なく腑に落ちた。

「そうかよ」

「……どうしてとは、聞かないんですね」

「ふはっ」

ラティファの返しに、堪(たま)らず反射的に笑みが漏れた。笑った理由は決して、彼女を馬鹿にしてではない。むしろ、自虐に似た感情だ。

「俺にも、言えない事があるし、譲れないものがある。それと同じだよ。言いたいなら聞くが、別にそうじゃないんだろ？　なら聞く理由がないし、無理に問いただす必要があるとも思えない」

「だから、尋ねない、と」

「はじめに何でと尋ねた理由は、それが守る為に必要不可欠だと思ったから。これ以上、人のテリトリーをズカズカと土足で踏み荒らすつもりはねえよ」

何より、借りがあった。

有耶無耶(うやむや)にはぐらかしても、決して深く聞こうとはしなかった、先程の俺の偽名の件について。

「守る為に、ですか」

「それが俺の生きがいで、治る見込みのない宿痾(しゅくあ)。だから、これだけは勘弁してくれ」

そう言うと、ラティファはどうしてか目を伏せ、僅かにこうべを垂れた。まるでそれは直視できないと言わんばかりで、心なしか肩が震えている。

「……ふ、ふふっ、あははっ」

遅れて、弾んだ笑い声が俺の耳朶を叩いた。

「シヅキこそ似合ってなさ過ぎです。守る事が宿痾とか、キャラじゃないですもん。睡眠だとか、ゴロゴロする事の間違いじゃないんですか？」

そう戯(おど)けた様子で言って、ラティファは俺の言葉を否定する。

「……うっせ」

言われずとも、そんな事は俺が一番分かっていると。

毒付くように、俺は言葉を吐き捨てた。

「でも――」

顔を綻ばせたまま、彼女は視線を上げ、俺を見据えながら口を開く。

「——そういう事ならシヅキに守ってもらおうかな」

「——」

瞬間、俺の頭の中が真っ白になった。

次に言おうと思い浮かべていた言葉すら痕跡を残さずに消え失せ、文字通り言葉を失った俺は、瞠目しながら口を真一文字に引き結んだ。

その理由は、重なったから。

どうしようもないまでに面影が重なって、幻視してしまったから。だから、言葉が出なかった。

思考が、ぴたりと停止してしまっていた。

普段であればその動揺を隠そうと努めただろうに、そうしようと思う余裕すらない。

狼狽(ろうばい)こそしていないものの、不自然さは隠しきれていない。

「……？　どうかしました？」

俺の様子を眺めていたラティファが、不思議そうに問いかけてくる。そこで漸く我に返った。

「いや……何でもない」

自覚は、ある。

前々から、先生達(みんな)の中の誰かを、時折誰かと重ねてしまっていた事に対しては。

〝影剣(スパーダ)〟を握り、以前の自分と全く同じ道を辿ろうとしたあの瞬間より、それはより顕著になっていた。

「それより、お腹減ったよな」

時刻は既にお昼過ぎ。

少し無理矢理感は否めなかったが、もう今更だと割り切って、強引に話を変えてしまおうと試みる。

「ですね。私もお腹が減りました！　もうぺこぺこですよー！　シヅキのポケットマネーで美味しいもの食べまくっちゃいましょう！」

「いや、一言も奢るとは言ってねえし!!」

気づいていないのか。

はたまた俺を気遣ってなのか。

ラティファは何事もなかったかのように普段通りに振る舞ってくれる。その対応がどうしようもなく助かって。

どうしようもなく、申し訳ない気持ちに襲われた。

そんな時だった。

どん、と他の歩行者と接触し、右肩辺りがその衝撃に揺れる。

「……失礼」

どうにも急いでいたようで、俺とぶつかった男はこちらに目もくれずそれだけを告げて去っていく。

亜麻色の短髪と、サングラスが特徴的な男性。

しかし、俺の思考は視覚によって得られた情報ではなく、嗅覚によって得られた情報で埋め尽くされていた。

——臭え。

言葉にこそしなかったが、男に対して俺の抱いた感想がそれだ。

鉄錆と、肉の焼けた臭い。

思わず眉を顰めざるを得ない程の死の気配が漂っていた。凄惨な戦場で、嫌になる程嗅いできた異臭。男から、その残り香が僅かに感じられた。

だから、反射的に腰に差す〝影剣〟へと手が伸びそうになって。でも、既に彼の姿が遠ざかっていた事もあり、その手を止めた。

「シヅキ?」

肩越しに振り返ってジッと接触した男を見つめていた俺に、ラティファが不思議そうな声を上げるのが聞こえた。

「……いや、何でもねえよ。そんな事より飯、食べに行こうぜ」

「それで、一体なんの御用でしょうか」

ひと気のない路地裏にて、彼女――フェリ・フォン・ユグスティヌは目の前の少年に向けて、威圧的な態度で詰問をする。

私に一体何の用があったのですかという疑問が、その一言に詰め込まれていた。

「そう怒らないでもらいたいなぁ。ぼくは君の主人とは違って平々凡々な人間でね。そう鬼気迫る形相で見つめられると気が気じゃないんだけど」

ドヴォルグ・ツァーリッヒの護衛役であった少年が、勘弁してくれとばかりにそう述べようとも、フェリの態度は頑として変わらない。

「殿下に聞かれるとマズイだろうと、脅してきたのは貴方でしょう……？」

「それは脅しじゃない。配慮だよ」

「だとしても、私にとっては大差ありません」

ファイ・ヘンゼ・ディストブルグとフェリ・フォン・ユグスティヌが行動を共にしていないワケ。

その理由は、彼女の目の前に佇む少年の一言にあった。

大した用事でないならば、今すぐにでもここを後にする。フェリがそう言わんばかりの態度を見せたからか、少年は慌てて続く言葉を紡いだ。

「君と、あの王子様には言ったと思うけど、うちの大旦那は古代遺産に興味があってね」

「……それは、聞きましたけど」

「でも、君達には一つ嘘をついてたんだ。大旦那が古代遺産に目をつけている理由は、間違っても金が目的じゃない。自分の故郷と、祖父母にあたる人物を壊し尽くしたのが、古代遺産によるものだからなんだ」

そして少年は人差し指を立て、まくし立てるように言葉を続ける。

「ここで質問。なんの後ろ盾も、なんの特別な能力も持っていなかった人物が、ここ二〇年で世界各地に名を轟かせ、『豪商』なんて大層な名前で呼ばれるようになったキッカケって、一体なんだと思う？」

「そんな事が」

可能なんですか？ と。

言葉にこそしなかったが、フェリがそう言おうとしていた事など想像に容易い。それを理解していたからこそ、少年の口は止まらない。

「可能だったんだよ。とある薬の製法を、大旦那の母親にあたる人物が知っていたから」

「薬草？」

「君も知ってると思うよ。なにせ、あの薬の原材料は、〝霊山〟に自生する薬草だから」

「――――」

明らかな動揺の色が、フェリの表情にくっきりと浮かび上がる。

「待って、て、ください。今、〝霊山〟と。そう言いましたか?」

「言ったよ」

「どこでその、名前を。いえ、たとえ何かの拍子に耳にしたとしても、あそこの薬草を調合できるのは――」

「〝霊山〟に住んでいた『精霊の民(エルフ)』のみ。そうだよ。その通り。大旦那も言ってた。これは私にしか調合ができないものだって」

フェリが狼狽(うろた)えるのも、仕方がなかった。

なにせ、フェリ・フォン・ユグスティヌにとって、少年が述べた〝霊山〟と呼ばれる場所は、故郷であったから。ディストブルグ王国先代国王に拾われる以前に、彼女が暮らしていた場所であったから。

だが――

「嘘……です。あの時〝霊山〟にいた人達は、私を除いて殺されたんですから……!! 〝巫女〟だから、そんな理由で、私だけが生かされた!!」

「その認識で、間違ってないよ。ただ、大旦那はあの時〝霊山〟にはいなかった。何故なら、大旦那はある人間と駆け落ちした精霊の民(エルフ)の子供――ハーフエルフだから」

だから、ああやって偽名を使ってるんだ。

そう、少年が言葉を一度締めくくる。

「そして大旦那の予想が確かなら、〝霊山〟を襲った怪物は、古代遺産によるもの。そして、〝迷いの森〟の奥に潜む遺跡に、それについての記述がある可能性は極めて高い」

「……どうして、それを私に教えるんですか」

「さあ？　それは大旦那に聞いてよ。ぼくはあくまで、君にこれを伝えろと言われただけのメッセンジャー。でも、これで分かったでしょ？　ぼくが配慮といった理由がさ」

少年の言葉に対して、フェリは下唇を噛んで口を噤む。

「リィンツェルで顔を合わせてるから何となく分かるけど、あの王子様は身内に対する情が厚過ぎる。無用な心配だった可能性も十分にあるけどね。ただ、他者に聞かせるべき話じゃないと思った。だからこうして二人になれる場を設けさせてもらったんだけど、強引にこうでもしないと機会なんて一生ないでしょ？」

「……ご配慮、ありがとうございます」

用は、終わりだろう。

なら、早いところ戻ろう。

そう思って、フェリは踵を返して少年に背を向ける。

「――――」

去り際に、少年が何か言葉を口にしていたが。

足早に去っていくフェリの耳に、それが届く事はなかった。

まるで逃げるように、彼女はその場を後にした。

# 第二十二話　頼ってくれよ

俺はラティファと昼食を食べに行き、結局なし崩しに俺の奢りという事となった。そして、折角だからという事で食い意地をこれでもかと見せた彼女のせいで、宿屋に帰ってきたのは斜陽差す日暮れ前。

もう二人も既に用を終えて戻ってきていたようで、部屋の中にはベッドにちょこんと腰掛けるフェリがいた。

ラティファの暴挙により、荒れに荒れたはずの部屋であったが、そのフェリが掃除をしたのだろう。今や見違えるように綺麗に整頓され、チェックインした当初の状態に戻っていた。

「帰るの、早かったんだな」

隣でうっぷっ、と嘔吐しそうになっているラティファを横目に、俺はそう口にする。

「はい。思いの外、用事が早く終わったので。それはそうと、ラティファはどうしてそんなに苦しそうに？」

「食い意地張った結果だ。これに関しては同情の余地もなく自業自得」

「あぁ……」

そういう事ですか、と。

得心顔でフェリは呆れ混じりの微笑をこぼした。

「だ、だってシヅキが奢ってくれるなんてレアじゃないですか!!　そりゃあ食い意地の一つや二つ張っちゃいますよ……！」

「……シヅキ、ですか？」

口元を押さえながら必死に言い訳がましく言葉を並べるラティファ。その口から違和感なく漏れ出たとあるワードに、フェリが反応する。

「アイツが言ってただろ？　俺は偽名を使った方がいいって」

「だからシヅキ、ですか……殿下らしくはありませんが、良い名前ですね」

フェリも、ファイ・ヘンゼ・ディストブルグの中から適当に組み合わせるとでも思っていたのだろう。

「でも……不思議です。頭では偽名と分かっていますけど、殿下にはその名前が妙にしっくりときます」

「あ！　それすごく分かります!!　なんか妙にすっと頭に入ってきて、違和感なく言えたというか」

「もしかすると、殿下の前世の名前がシヅキだったのかもしれませんね」

ラティファの言葉に乗って、冗談半分に、そうフェリが言う。

そのくらいぴったりで、似合っていると。

何気ない発言。

けれど、それはどうしようもないまでに正鵠を射ていた。

「どうなんだろうな」

だけど、俺に動揺はない。

いつも通り、のらりくらりと。

否定も肯定もしない。そんなスタンスを貫くだけ。

「そういえば、あの少年は？」

ふと、思い出したかのようにフェリに尋ねる。

すると、彼女は意外そうに目を丸くした。

だが、それも刹那。

「あの方なら……部屋にいると思いますが、どうかなさいました？」

あの少年を話題に出すと、心なしかフェリの視線がキツいものへと変わったような。

二人で行動した時に何かあったのだろうか。

そんな事を一瞬思ってしまうも、恐らく性格的に合わなかったのだろうと勝手に結論付け、気にするのをやめた。

「聞きたい事があるんだ」

「聞きたい事ですか？」

「機を待つと言ってただろ？　だから、おおよその目安とか。それと、別で少し気になる事があってな」

ツンと鼻をつく臭いが、頭から離れてくれない。

すれ違いざまに鼻腔をくすぐったあの臭いが。

ダメ元で尋ねても損はない、併せて質問を、と考えていた。

きっと、あの少年なら色々と知っていると思うから。

血腥（ちなまぐさ）い異臭が懸念を浮かび上がらせ、帝国が絡んでいるという疑念が頭を離れない。

そしてそれが、不安をこれでもかとばかりに煽り、パズルのピースを歪（いびつ）に繋げていく。

「そう、ですか」

どこか気まずそうに。

気分が優れない面持ちでフェリはそう答える。

その様子は、あまり少年から深く話を聞いてほしくない、と。どうしてか、そう言っているようにも捉えられた。

「ま。そういうわけでラティファの事は任せた」

「うー、苦じい……調子に乗って食べ過ぎました……」

未だ声も絶え絶えに言葉を漏らし、口やらお腹やらを手で押さえるラティファの背中を、フェリに診てもらえという意味合いを込めて軽く押す。

それから俺は踵を返し、ドアノブに手をかけた。

「あー、そうだ」

俺はそのままぴたりと足を止め、間延びした声を出す。そして腰に下げていた〝影剣(スパーダ)〟へと手を伸ばし、するりと鞘ごと取り外した。

「これ預けとく」

そう言って振り向き、〝影剣(スパーダ)〟をフェリに向かって投げ渡す。

彼女に〝影剣(スパーダ)〟を預けるのは、これで二度目。

一度目に預けた理由は、心配だからだった。

そして、二度目もまた――

「笑え、笑え」

どこか表情に影の差した彼女が、ちょっと気掛かりだったから。

「辛気臭い暗い顔する迷惑野郎は俺一人で十分。そんな顔してると、幸せが逃げるぞ」

俺にそう指摘されて漸く気がついたのか。

フェリは今更ながらに取り繕い、微笑を浮かべる。

けれどそれは、俺が人を斬る時などによく貼り付ける笑みに酷似した、無理矢理な破顔だった。

「あの性悪の腐ったクソガキと何があったのかは知らねえけどさ」

俺はそう続ける。

フェリ・フォン・ユグスティヌという女性は、本当に感情が表に出やすい。

心配な時。怒った時。悲しい時。

表情がとても豊かで、だから凄く分かりやすい。

そしてそれは、昔、先生達(みんな)に俺がよく言われていた言葉。

——なんか、親近感湧くな。

かつての自分がまさにそうだったと思い出す。まあ、今も大して変わってないどころか、悪い方に変化してしまったが。

と、深く考えれば考える程に、自嘲じみた感情に見舞われる。だから、そこで俺はその考えを捨て置いた。

「俺が言うのもなんだが、きっとラティファみたいに深く考えず馬鹿みたいに笑ってるのが一番だ」

「ちょ!! それ私が考えなしのお馬鹿さんみたいな事になってるじゃないですか!!」

心外です!!と目を怒らせるラティファであったが、今まさに考えなしに食べ過ぎたせいで満腹感に苦しみ、数十秒おきに嘔吐しそうになっている彼女の発言に、説得力は備わっていなかった。

「……まあ、だけどさ」

とは言っても。

人間誰しも、笑って誤魔化そうとしても笑えない時はある。それは誰よりも俺が理解している。

だから、絶対に笑えとは言わない。ただ、どうしても笑えない時や、辛い時、悲しい時。そんな時は——

「頼りないだろうが、どうしてもって時は頼ってくれよ」

誰もいない孤独はツライ。

誰かがいる。

頼れる誰かが、一人でもいる。そんな事実が救いとなってくれる時というものは存在する。それを知っているからこそ、俺はフェリに向かって、らしくない事を口にしていた。

「剣を振るう事くらいしかできやしない〝クズ王子〟だけどさ、いざという時は、ちゃんと助けるから。だから」

だから、お願いだから先生達のように、俺の前からいなくならないでくれよ。

懇願でしかない怯えた言葉が思い浮かんでいたが、寸前で俺は閉口し、無理矢理に発言を中断した。それはあまりに拙かったから。

そして、違和感がないように、代わりの言葉を即席で用意する。

「あんまり、思い詰めるなよ」

そう言って俺はドアノブをひねり、ドアを引き開ける。

「思い詰めてばかりの殿下に言われても、って話ではありますが、お心遣いありがとうございます。素直に、その言葉は受け取らせて頂きますね」

「ん」

自分の事を途轍もなく棚に上げた一言。

そんな事は、言われずとも理解している。

……何だかなぁ。と、パタリと閉まったドアにもたれながら、俺は小さくため息を吐いた。

「似合わねえよな、やっぱ」

そりゃそうだろ、と独りごつ。

誰かを助ける。誰かを導く。本来それは、どこまでも俺らしくない行為であったから。むしろ、俺という人間は誰かに助けられ続けた人間だ。

説得力も、何もない言葉。

でも。

それでも。

「頼れる誰かがいる。それだけで救われる事もあるしな」

だから、今はあれで良かった。

何となくだけど、俺とフェリは似た者同士のような、そんな気がするから。

自分自身にそう言い聞かせ、俺は止めていた足を動かす。少年の部屋は、すぐそこだった。

コンッ。

指の第二関節辺りで、閉め切られたドアを一度叩く。

「ん？　誰？」

「俺」

「あー、君かぁ。どうかした？　何か用事でも？」

「ちょっと聞きたい事がある」

偽名を使え、と言ってきた相手に本名を告げるのもよろしくないかと思い、返事は一人称のみ。

けれどそれだけで、誰なのか判別できたのだろう。ガチャリと解錠される音が聞こえた。

扉が引き開けられ、少年が顔を出す。

彼の手元には丸い木桶と、その中に詰め込まれたタオルに着替えであろう衣類等。

まさにお風呂セットと言わんばかりの品揃えであった。

「今からお風呂に行くつもりだったんだけど、話はその後でいいかな。それとも、君も一緒する？

世間で言う裸の付き合いってヤツでもさ」

少しだけ悩んで。

そして俺は、その言葉に首肯する。

「分かった」

「よし。なら行こっか。今なら他の宿泊客もいないだろうしね」

ちゃぷんと音が立ち、次いで水が揺らぎ、波紋が広がる。

少年の言った通りに他の宿泊客は見当たらず、俺と少年の二人きりだった。

頭上を覆う天井が存在しない、露天の湯。周囲は竹の柵に囲まれており、風情を感じさせる造りであった。

「それで、話って？」

湯に浸かりながら少年は言う。

バシャバシャと湯を手で掬って(すく)は顔にかける。そんな行為を繰り返しながら、俺に視線を向けている。

「帝国」

一言。

「帝国と古代遺産とやらについて聞きたい事がある。他にも諸々と。男二人きりなんだ。少し、腹を割って俺と話そうぜ」

# 第二十三話　湯

「聞きたい事、かぁ」

俺がいつかそう尋ねると分かっていた。

そう言わんばかりの調子で、少年は答える。

ジッと向けてくる視線がまるで、それで？と続きを促しているかのように思え、俺はそれに従って言葉を並べていく。

「古代遺産だとは聞いた。が、肝心の中身を聞いてない」

「中身を教えろって？」

少年がそう言うや否や、俺はゆっくりとかぶりを振った。

「いいや。俺が知りたいのは、中身が俺が考えている物なのかどうかだけ。別に中身がどうしても知りたいってわけじゃねえよ。ただ、そうなのかそうでないのか。それだけ聞ければ十分」

どうしてか、嫌な予感がした。

嗅ぎ慣れた鉄錆の臭いを嗅いだあの瞬間より、働いていた勘。それを、所詮勘でしかないと侮る事は、俺にはできなかった。

「少し前。ディストブルグにいる時に、帝国の人間に襲われた」

「君が？」

「ああ」

「それはそれは」

君は勿論の事、こんなとんでも王子さまを襲った側も災難だったね、と。

どこか面白おかしそうに少年は言う。

「だって、普通は予想だにしないからね。一国の王子が、こんなに血腥くて、好戦的だなんてさ」

「……別に好戦的なつもりはないんだがな」

実際は犯人は、俺が剣士である事や、〝影剣(スパーダ)〟を扱う事を知った上で襲い掛かってきていたのだが、あえて訂正する必要もないかと思い、俺は少年の言葉に対して素直に頷く。

「それで、襲撃を退けた事には退けたんだが、そこで妙なものと対峙した」

「妙なもの？」

「そ。妙なもの。目にしただけで胸糞悪くなるような……そんな妙なもの」

身体を浸からせている湯に薄く映る、細長の月影に視線を落とす。その隣には、俺の顔が映っていた。普段よりも難しい顔をした俺の顔が、鮮明に。

「理性のない人型のバケモノに心当たりはあるか？」

脳裏に思い描かれる姿。

鮮烈なまでに深く刻み込まれた姿形を、俺が忘れる事はきっと生涯あり得ない。そしてそれは、バケモノという言葉がどうしようもないまでに似合っていた。

「……ないよ」

言葉が返ってきた。

俺の様子に感化されてか、少しだけぎこちない口調による返答だった。

「そう、か。ならいいんだ」

ばしゃりと音を立てさせながら、湯に映し出される俺の表情を乱雑にかき消す。取り敢えず、その答えさえ聞ければ俺は満足だった。

「……君はそのバケモノが古代遺産に関わってると？」

「そう思ったんだが、知らないならいいんだ。所詮は勘でしかないから。だけど、もし関わってるなら予め謝罪しとかなきゃいけないと思ってただけ」

きっと俺は――

「謝罪？　どうして？」

「多分……俺は何を差し置いてでも、バケモノ(ソレ)を殺しに向かうと思うから」

予想ではない。

己の目の前にまたアレが姿を現したならば、まず間違いなく俺はなんの呵責(かしゃく)もなく剣を振るうと思うから。己に絡み付くしがらみを全てがむしゃらに振り払ってでも、殺しに向かうと思うから。

そしてその時は多分、約束だとか依頼だとか、そういった事全てを度外視して壊し尽くすと思う。

だから、謝罪を、と口にしていた。

「……相変わらず、血腥い王子様だね」

「俺だってできる事ならごろごろ寝ときたい。でも、そうはできない込み入った事情もあるんだよ」

「でも、意外だなぁ」

「んあ？」

不意に発せられた言葉に、思わず素っ頓狂な声が出てしまった。

何が意外なのだろうか、と。

「君はてっきり、ぼくにあのメイドの事を聞きたいものとばかり思ってたからさ」

「メイド……ああ、フェリか」

「おっと、案外どうでもよかったりしてた？」

「んなわけあるか」

どうでもいいと思っていたならば、帰宅して直後のあのやり取りをするわけがない。大事に思ってる。でも、今俺にできることはないと理解してるから、こういった他者から見れば淡白な様子になっているだけ。

それに。

「誰にだって触れられたくない事の一つや二つあるもんだ。だから今はそっとしてるだけ……そんくらいで今はちょうどいい」

「ふぅーん。なんだかんだと、君も王子様やってるんだね」

「……俺をなんだと思ってるのやら」

「後先考えない向こう見ずな死にたがり」

リィンツェルでの一件しか知らない少年の、俺への印象。本来なら、ふざけんなと言ってやりたいところではあったが、その言葉をゆっくり吟味すると意外と俺自身を的確に表しており、うぐっ、と言葉に詰まった。

「お、もしかして心当たりがあり過ぎて言葉失った？」

「……うっせえ」

半眼で、忌々しげに少年を睨んだ。

向けてくる得意げな笑みが、余計に俺の苛々を煽ってくる。

「あ、そうだ。ね、ぼくも質問していいかな？」

ばしゃりと水音を立てながら、少し興奮気味に少年は言う。目が爛々（らんらん）と輝いているようにも見えるが、きっとそれは気のせいだと思いたい。

「……俺が答えられる事ならな」

「あー、うん。たぶん大丈夫」

そう言って、彼は言葉を続ける。

どんな言葉が出てくるのやら、とほんの少しだけ気構えて。そして、

「ところで、君の本命ってどっちなの？」

「……………は？」

聞いた瞬間、俺の頭の中は真っ白になった。

「いや、だってさ、仮にも王子様だよ？　君の性格からして、誰でも彼でも手をつけるような色狂いには間違っても思えないけど、でもそういった関係になってる人がいそうじゃん？」

「心底くっだらねえ……」

けれどすぐさま、心境は落ち着いていく。

何を聞かれるのかと思いきや、そんな下世話な話。聞いて損をしたと言わんばかりに言葉を吐き捨て、俺は湯から上がる。

「……あれ!?　もしかして本当に？」

俺が必死になってその発言を否定するどころか、本当に心底呆れた様子でその場を後にする姿を見てか、慌てて少年はそう述べる。

そして俺に倣うように彼も湯から上がったのか、ざばぁ、という水の音が後ろから聞こえてきた。

「本当も何も、そういう事に目が向かない……というか」

己の後を追ってくる少年を肩越しに見やりながら、

「俺の場合、そういうのよく分かんねえし」

俺は自嘲めいた笑みを湛えて、そう答えた。

「そもそも俺は不器用だから、失いたくない人とその他くらいにしか人を分けられねえ。だから、そういう細かな事を聞かれても上手く答えらんねえよ」

既知の事柄ならば、どうにでも答えようがあっただろう。でも、そもそもこれは答えとなり得る返答を俺自身が知らない。だから、答えようがない。それが俺なりの彼への返答だった。

「……なーんか、やっぱり君って変わってるね。いや、君じゃない。君達、か」

「俺が変わり者っていうのは今更過ぎるだろ」

少年も、俺がディストブルグ王国の〝クズ王子〟である事を知っている。四六時中睡眠の事しか考えていない堕落王子であると。

これまで周囲から変わり者だなんだと言われ続けてきたそんな俺にとって、彼の言葉は今更過ぎた。

「ま、そうかもね。でもほんとびっくりだよ。てっきり君の父親か誰かが君を縛り付ける為に、ある種の杭を強く打ち込んでるものとばかり思ってたから」

「なんで」

ある種の杭。

それが恋愛であり、女性という存在である事は、容易に想像がついた。だから問うた。どうしてそんな事をする理由があるのか、と。

「それが有効だからだよ」

返事はすぐにやってきた。

「君みたいな、他者を助ける事を第一に考える死にたがりにも有効だから」

だって、添い遂げたいと思える人がいるならば、生きたいと思う渇望にも繋がるじゃん？　と、少年は言う。

「その人がいなくなったり、なんらかの交渉に引き合いに出されたりすると、致命的だけどね。ほんっと、致命的だけどさ……」

哀愁漂う様子で、段々と少年の声のトーンが落ちていく。

だけど、俺は彼のそんな態度よりも、

「あんた、帝国みたいな事を言うんだな」

彼の発言の内容に引っかかりを覚えていた。

それは、飄々とした態度を好んでいたあの元騎士の言葉が関係している。家族がなんだ、しがらみがなんだと言っていた、彼の言葉が。

「……そう、かなあ？」

「又聞きなんで、信憑性については保証できないがな」

「そっか」

そこで、会話は途切れた。

そのタイミングで、俺はすぐ目の前にあった脱衣所へと続く扉に手をかけ、右にスライドさせる。

室内である脱衣所は、露天の風呂より少し生暖かく感じられた。

「あー、そうだ。聞き忘れるところだった」

どうしてか、少年が考え込むように立ち尽くして追ってこない事にちょっと疑問を抱きながらも、危うく聞きそびれるところだった、とある質問を最後に投げ掛ける。

むしろこっちがメインだったのにどうして忘れてたんだと、どこか抜けている自分自身を戒めつつ、言葉を発する。

「機を待つって言っていたが、具体的な日数は分かってるのか？」

「……ああ、それは五日後だね。多少前後するかもだけど、その場合、当日の朝にちゃんと伝えに行くから、そこは安心してよ」

「そうか」

聞きたい事は聞けた。

だから俺は扉から手を離し、着替えの置かれた場所へと足を進める。手を離した扉は、ガタガタと音を立てながらゆっくりと勝手に閉まっていく。

「……僕はやっぱもう少しだけ浸かっていく事にするよ」

刻々と狭まっていく隙間から聞こえる少年の声。

「五日間は自由に過ごしてもらって構わないけど、夜は気をつけた方がいいよ」

どうして。

俺がそう尋ねるより先に答えはやってくる。

「夜になると、怖い軍人がそこかしこにいるかもしれないからね」

## 第二十四話　時の魔法

やはり慣れない場所で寝るものじゃない。

俺はそう、強く思った。

少年と話し終えた俺は食事を取り、そのままベッド一直線で就寝したはいいものの、どうしてか変な時間帯に目を覚ましてしまっていた。

外からは鈴虫の鳴き声が聞こえる。

若虫なのか、その鳴き声はどこかぎこちなかった。

「……眠い」

細目のまま、俺は掠れた声で本心をさらけ出す。

透けたカーテンに遮られた窓越しの景色は既に朝と夜の境界線を映しており、カーテンの隙間から差し込む暖色の光は目に優しい。

まだ朝方なのにもかかわらず、こうして目が覚めてしまった。その理由はきっと、眼前に広がる光景が原因であると言い切れた。

「……ふぁぁあ……相変わらず、朝が早いんだな」

睡魔に襲われながらも欠伸を噛み殺し、ベッドの縁にちょこんと腰掛けるフェリに話しかける。

彼女は備え付けの小窓越しの景色を眺めていたようで、こちらには背を向けていた。

「おはようございます。殿下こそ、今日は随分とお早いんですね」

シヅキ、と呼ぶのは外にいる間だけ。そう取り決めたが故に、こうした他者が入り込みようのない空間に限ってフェリは「殿下」と俺を呼ぶ。

「他所で寝ると、どうにも寝つきが悪いんだ」

寝起きだからか、若干くぐもった声音になってしまっていたが、問題なく聞き取れたのだろう。

フェリは俺に視線を向けたまま「早起きする事は良い事です」と言って微笑んだ。

俺としては寝不足のせいで少し気怠く、もう一睡といきたいところでもあったが、今日はどうしてか二度寝する気にはなれなかった。

「ところで、ラティファはまだ寝てるのかよ」

「まだ朝の四時ですからね」

俺の視線の先にあるベッド。

その上で、布団に包まり団子のように丸まった未確認生物に目を向けながら、俺は言う。

外はまだ夜闇が薄らと残っており、払暁という言葉がこれ以上なく似合っていた。

「にしても、ラティファのヤツ変な寝方してるのな……」

今のラティファの状況を的確に言い表すならば、寝にくそう。その一言に尽きた。

すー、すー。と寝息だけが布団越しに聞こえてくる。

昨日の睡眠妨害の恨みをここらで晴らしとくか。

なんて考えが脳裏を掠めたが、それも刹那。

「……ま、時間も早いし放っておくか」

そう言って俺は、浮かんでいたその考えをどこか彼方へ放り捨てた。

「フェリ」

ベッドから立ち上がりながら、名を呼ぶ。

てっきり俺が二度寝をするとでも思っていたのか。彼女は意外そうに俺を見詰めていた。

「俺はちょっと出てくる」

「それでは――」

自分も。と言い出そうとするのを予見していた俺は、苦笑いしながら左手を上げて制止する。

「飯だ飯。慣れない時間に起きたからか、お腹が空いたんだ。それだけだから、付いてくる必要はねえよ」

部屋の隅に立て掛けてある〝影剣〟は持たず、丸腰のままドアまで歩いてノブを捻る。俺達の寝泊りする宿屋の一階は食堂となっており、宿泊客は朝早くから利用できる、という張り紙があった事を思い出しながら俺は言う。

「食堂が開いてなければすぐに戻ってくる」

そう言って、俺は部屋を後にした。

直後、視界に飛び込んでくる、少年の部屋。それを見つめながら、俺はほんの少しだけ自嘲めいた笑みを浮かべた。

「……多分、落ち着かねえんだろうなぁ」

逃げるかのように、起きてすぐ部屋を後にした。そんな行為に対する自嘲だ。

環境が変わったのは勿論の事、恐らく普段のように熟睡できなかった最たる理由は、近くにずっと人がいたから、なのだと思う。

「やっぱ一人部屋にしてもらった方が」

良かったかな。

一人部屋の少年の部屋に視線を向けながら呟く俺であったが、最後まで言わずに言葉を止めた。

「……いや、三人でいた方が安全か」

今回は、城で寝泊まりをしていたアフィリスやリィンツェルの時とは異なり、限りなくアウェーに近い。不用意にバラバラになるべきではないという自覚があった。

「ま、二度寝をするにせよ何にせよ、取り敢えず飯食うか」

木造りの階段を下って食堂へと向かいながら、俺はそう独りごちた。

食堂に着くと、一人の女性が席に座り、ずぞぞと啜る音を立てていた。香ばしい匂いが漂っており、空になった胃がぐぅと今にも悲鳴を上げそうだ。

しかし、その女性が一人いるだけで、入り口から見える厨房にも人の気配が感じられず、ガランとしている。

そこへ。

「おばちゃんなら、ついさっき出て行っちゃった。多分もう一〇分も待てば帰ってくると思うよー」

俺が食堂に足を踏み入れた気配を感じ取ってか、こちらに背を向けたまま、女性は気の抜けた間延び声でそう言う。

「おばちゃん？」

どういう意味か分からずそう返すと、彼女は食事の手を止め、小首を傾げた。

「あれ？　てっきり朝食食べに来た人かと思ったんだけど、違った？」

そう言うと、ゆっくりと振り向く。

長い睫毛に縁取られた藍色の瞳が、俺を射抜いた。

甘く柔らげな相貌にはどこか幼さが残っており、女性というより少女と呼ぶ方が似合う人だった。

「いや、合ってる」

「んふふ。だよねだよね。おばちゃんっていうのは、ここの宿屋の厨房に入ってる人の事。出される食事の大半はおばちゃんが作ってるんだ。勿論、朝食もね」

そう言って彼女は、セミロング程の長さで切り揃えられた髪を耳にかけてから、ずぞぞとまた麺を啜る。

「わたしは宿泊客じゃないけど、ここのヌードルスープが美味しいからよく食べに来てるんだぁ。凄く美味しくてもう病み付き」

「ふぅん」

約一〇分という微妙な時間に、俺は部屋に戻るべきか、はたまた食堂で待つかという二択に頭を悩ませる。

立ち尽くしながらそうやって思案している俺の姿を見たからだろう。

「座らないの？」

不思議そうに、彼女は俺にそう問いかけた。

「……いや、座る」

人当たりが好いにも程がある彼女のペースに呑まれ、調子を崩されながらも、俺が入り口付近のテーブルに腰掛けようとした途端、不満げな声がやってきた。

「えーーー。そこ座るの？　混んでるわけでもないのに？」

——まだ朝の四時なのにテンション高過ぎるだろ。

彼女の様子を見て、俺は心底そう思った。

「ね、ね。折角だし何か話そうよ。わたし暇してたんだよねー。どうせきみも暇でしょ？　旅人同士、会話に花咲かせられると思うんだけどなぁ」

どうせ暇でしょ？　と言われた事については少し癪に触ったが、仮に拒んでも、それならばと逆に彼女がこちらに来そうな勢いだった事もあり、俺は渋々彼女の席に近寄っていく。

厨房の向かいのカウンター席に、等間隔で並べられた丸椅子に座る。話しかけてきた女性とは、ひと席空ける事も忘れない。

が。

それも一瞬。

使用していた食器を横に平行移動させ、次いで、彼女は俺の隣の席へと移ってくる。初対面の相手にぐいぐい来過ぎだろとマジで思った。

「……ところで、なんで俺が旅人だと？」

「あれ、違った？」

きょとんと小首を傾げ、彼女は頭上に疑問符を浮かべる。

「こんな時間に宿の食堂にいるような人は、旅人くらいしか当てはまらないと思ったからなんだけどな？」

「それもそうか」

「そうそう！　それにこんな辺境の地に来る人なんて、旅人くらいしかあり得ないあり得ない。まして やここは〝真宵の森〟の目と鼻の先。噂の遺跡目当てにやってくる旅人くらいしかいないって すぐに分かるようん」

遺跡。

それ自体が目的であるのは、確かだった。

だが、その噂については詳しく知らない。話してくれるのなら聞いておくか。そう思い、俺は疑問で返す。

「噂の遺跡？」

「古代遺跡に、時間を戻す『時の魔法』についての手掛かりがある。そんな噂話なんだけど、聞いた事はない？」

「……時の、魔法」

時を操る魔法。

聞き覚えのない話を、俺は呆けながら、そして吟味するようにゆっくりと反芻した。

「にわかには信じ難いな」

そんな馬鹿げた魔法が存在するのか。

俺には信じられなかった。

「でも、本当に実在するなら素敵と思わない？　『時の魔法』だよ？　全てをやり直せる。そんな夢みたいな魔法」

確かに、夢のような魔法だと思う。時を戻す行為は、人の域を優に逸脱しているから。

それこそ、夢でもない限り、存在する事はあり得ないと断固として言えた。

でも、彼女は違った。

目を輝かせ、本当に存在すると信じて疑っていないように見える。時を戻したい理由でもあるのだろう。そう容易に想像がついた。

「あんたは、それを求めて遺跡に？」

「そうだよ。わたしは、過去を変えたいんだ。間違った過去を正したいんだ」

だから、『時の魔法』を求めている。

どこまでも真っ直ぐな瞳が、俺を射抜いた。

でも、俺はそれを素直に、じゃあ頑張れよ、と応援はできなかった。黙っていればいいのに、何故か言葉が口を衝く。開いた口は、閉じてくれなかった。

「……馬鹿馬鹿しい話だな」

僅かな逡巡すらなく、俺は彼女の発言を鼻で笑う。その言葉があまりに愚かしくて、声が出る。

「時を操り、過去を改変する。ああ、それは凄いな。俺でも分かる、それが凄いものだという事は。だけど。いや、だからこそ、俺は言おうか。そんなもんは心底下らねえ。それどころか侮辱だ。懸命に生きて、死んで逝ったやつに対する冒涜だろうがよそれは」

時を戻せるのなら、俺だって戻したい。

先生達（みんな）に、俺はどうしようもなく会いたいと焦がれている。その熱はきっと、一生治まる事はないと断言すらできた。だから、もし過去に戻れる状況下に置かれた場合、俺は過去に戻りたいと言うと思う。

でも、いや、だからこそ。

過去に戻る為に俺が足を進める事はないと言い切れた。

「時を、戻す。それは本当に夢物語だ。夢の、物語だ……俺にも変えたい過去はある。悲しみに塗れた過去を変えられるのなら、俺は変えたいと願うだろうさ。何故なら多くの犠牲に成り立っているのが『イマ』であると俺は知っているから。それでも」

過ぎる記憶のカケラ。

忘れないようにと、魂レベルで刻み込まれた色褪せない思い出が去来し、

「過去に生きたヤツらの想いをドブに捨てる行為だけは、俺には何があろうとできるはずがねえよ」

そう、言い切る。

言葉はどうしてか止まってくれない。

気づけば俺は、いつになく饒舌（じょうぜつ）だった。

「だって、そうだろ？　全てをなかった事にするんだ。時間を戻せば、全てなかったことになる。

白紙だ。まっさらだ。身を切るような決意も、痛みも、悲しみも、分かち合った時間も全て、全部

なかった事になる。俺の中の掛け替えのない記憶が、ただの嘘っぱちの記憶に変わるんだ。涙しながら託されたあの想いを、あの時間を、あの時を、俺のエゴで嘘になんてできるはずがねえよ」

「……だから、きみは掴めるかもしれない奇跡だろうが、それを拒むんだ?」

「過去に戻りたい思いは、憧れで留めておくべきだ。間違っても目指す先にするべきじゃねえ。『イマ』を生きてるヤツがそれを履き違えちゃ、申し訳が立たねえだろうが。俺は――」

そこで、殊更に言葉を区切る。

続く言葉を強調するかのように。

「俺は、そう教わった」

「教わった、かぁ。きみにその考えを教えた人物は間違いなくひどい人だよ」

「どうして」

憧れた人を極悪人と呼ばれ、はいそうですかと黙っていられる俺ではない。だから問うた。どうしてか、と。

「その言葉の意味を理解していないの? 凄く綺麗な言葉だけどさ、つまりそれは逃げるなと言ってるのと同義でしょ? しんどいよ。そんな生き方は」

「しんどい、か」

とどのつまり、彼女にとって俺の考えというものは理解の埒外(らちがい)にあったのだろう。だから言うのだ。しんどい、と。でも、理解を拒まれて尚、俺の答えは微塵も変わらない。

何故ならば、ハナから知っていたから。

俺や、先生達の想いが、思考が、『イマ』の世界の常識と一致していない事くらい。

だから揺らがないし、もとより理解など求めていない。『異常』と捉えるも良し。好き勝手にしてくれ。そういうスタンスなのだ。

「考えた事もなかった」

これは、偽らざる本音だ。

彼女にとっては『異常』であろうとも、俺にとっては『普通』であり、『当たり前』なのだから。

人にしんどいと言われるような生き辛い考え方を根底に据えるのが、俺という人間の生き方なのだ。

「だから、無理に自分に当てはめる必要はねえよ」

俺が思うに、人間は異常である事に答えを求めたがる。

自分の価値観にソレを当てはめ、どうしてだと頭を悩ませる。その先に、話し合いやら共感やらが入り込み、放っておけばいいだけの話なのにどうしてか、彼らは無理矢理に己の価値観へ押し込んで答えを出して納得したがる。

だから俺は、いらないと。

必要がないとにべもなく切って捨てるのだ。

そもそも、今更理解をされたいだなんて思うはずがない。

何故ならば、俺はそれが既に満たされた状態であるから。

笑みの貼り付いた仮面を被り、剣を振るう理由も。

誰かを守りたいという意志も。

かつて抱いていた色褪せた理想も、この生き方も。何もかも、全てにおいて俺は納得し、満足しているのだ。

その考えは既に、掛け替えのない人達から認められているから。だから、何を言われようとも揺らがない。

そして、それを押し付けもしない。

これは、俺が俺である為の生き方であると信じて疑っていないから。

「あんたはあんたなりの考えを抱いて生きりゃいい。正解なんざ誰も知らないんだから。せせこましくもあるが、俺はこれが俺の生き方と思ってるから貫いてる。今回は何故だか、それを言いたくなっただけだ」

「……盲信だね」

「はっ、そう言われると耳が痛い。が、誇らしくもある」

「どうして」

「どうして、か……その答えは、とうの昔から決まってる」

転生した今でもそれは変わらない。

俺は、未練がましいヤツだから。

誰よりも弱虫だから、ずっと引きずられ続けている。

考えも、思考も何もかも、引き継いでしまっている。

そして憧れた人も、変わらず。

言ってしまえば、俺の全てなのだ。

あの人の言葉が、生き方が、俺の原点なのだ。

「今も変わらず先生の生き方、考え方、戦い方全てが、何もかもが、例外なく俺の憧れだからだ。

唯一、俺が憧れた人の言葉だからだ」

教えを守るわけなんざ、それだけの理由があれば十二分過ぎた。そしてその答えは、やっぱりどうしようもなく胸にすとんと落ちる。

俺は小さく得意げに笑っていた。

## 第二十五話　エレーナ

「憧れ、かあ……」

困り顔を見せる彼女は俺の言葉を繰り返し、左の手で頬を軽く掻いていた。

「綺麗、だね」

そう言って蕭条(しょうじょう)とした様子で笑った。

「これでもわたしって色んな人と話をしてきたんだけど、その中でもきみの生き方考え方は群を抜いて綺麗。うん、綺麗だけど、まるで牢獄にでも囚われてるようにも思える」

牢獄とは、随分と変な喩(たと)えをする。

そうは思ったが、不思議とその言葉には説得力があった。彼女は、過去に囚われ過ぎていると言いたいのだろう。それを、牢獄と言い表した。あまり良い言葉ではないが、嫌悪感はなかった。

「だけど、わたしはそんな生き方も良いと思う。ううん、素晴らしいと思う。過去に過ごした時間に価値を感じ、愚直にそれを貫く。生きる事に正解も不正解もないもんね。きみはどうしてか自嘲してたけど、わたしは良いと思うよ。そんな生き方があっても」

「……そうかよ」

共感はできない。でも、理解はできる。

そして、間違ってはないと彼女は言う。

ほんの少しだけ、救われたような。そんな気持ちになった。

「変わってるな、あんた」

「少なくとも、きみ程じゃない事だけは確かだね」

彼女はそう言って、器を両手で持ち上げ、ずずずと音を立てて汁を啜る。

「過去を悼みはする。でも、過去を変えたいとは思わない……ううん。きみの場合は、思えない、が正解かな。何故なら過去の重さを知っているから……否定はしないけど、ほんっと、窮屈な生き方だと思うよ。まるで、どこかの王様みたいな考え」

「……王様？」

まるで実際に見聞きしたかのような物言いに、俺はつい反射的に訊き返す。

「そ。王様。これはとある人から聞いた、とある王国で家訓とされてる一文なんだけどね」

彼女は碗を持ったまま、数拍置いてからそれを口にする。そこに、言葉にし難い威厳を幻視してしまったのは、きっと勘違いではないだろう。

「王である限りは後悔の連続だろう。だから悔やみたくば好きなだけ悔やめば良い。涙したいなら好きなだけ涙すれば良い。しかし、王は何があっても皆を否定する存在にだけはなってはならない。己が築いた歴史を、皆と共に生きた時を否定してはならない」

気取ったように、どこか居丈高に宣う。

口調も、言葉に合わせるかのように、彼女本来のものとは異なった様子で。

「ほら、どう？　きみの考えと似てるとは思わない？」

どうしてか。

彼女が口にしたその言葉が胸にするりと入り込む。

——似ている。

すぐに返答はしなかったが、確かに彼女が言った言葉には共感できる部分が多く見受けられた。似ていると、素直にそう思った。

「否定はしない」

「んふふ。そう誤魔化さなくていいのに。でもそう考えると案外、きみって旅人より王様に向いてるのかも」

「んなわけあるか」

冗談めいてそんな事をほざく彼女に、俺はにべもなく否定する言葉を吐き捨てる。

「えーー。そうかなあ……わたしは結構似合ってると思ったんだけど」

「生憎と俺は、人の上に立てるような器じゃねえよ」

今だって、そう。

王子という地位を受け入れているのは、あの堕落した生活が送れたからに過ぎない。

そもそも、こんな未練だらけの後ろばかり見つめるヤツが王になってもみろ。後悔しか生まれないと断言できた。王とは、間違っても生きながらにして死んでいるようなヤツがなっていいものではない。

「それに」

王子という立場故に、王という存在を誰よりも近くで見て生きてきた。

王とは指針だ。国の心臓だ。

そもそもそんな地位に、俺が相応しいわけがない。

顔で嗤って心では泣いて。

そんな事を未だに行っている弱虫に務まるものか。

「俺は現状で十分満足してる」

憧れて、夢にまで見て。

それでも、結局最後は手からこぼれ落ちてしまった。

だけどどうしてか、また守りたい人が出来てしまった。だから、今度こそ守り切ろうと己に誓っている。俺はただ、俺らしく生きられれば、とどのつまり良いのだ。故に王なんてものに興味はなかった。

「ふぅん」

懐疑に塗れた声音が俺の鼓膜を揺らした。

次いで、声がやってくる。

「じゃあ何で、きみはフィスダン（ここ）へやってきたの？　〝迷いの森〟は目的もなしに訪れる場所じゃないと思うけどなぁ？」

「ただの恩返しだ」

「恩返し？」

「世話になった人からの頼み事だ。別にそれを断ってまで押し通さなきゃいけない用事もなかった。

だから引き受けた。ただそれだけ」

「ふぅん」

そう言って莞爾と笑いながら、彼女は席を立つ。

器を見ると、既にその中身は空となっていた。

「やっぱり、きみって凄く綺麗だね」

「男に向かって言う言葉じゃねえな」

「それもそっか。じゃあ格好いいに訂正で」

あまりのぞんざいさに思わず笑みがこぼれる。

でも、不思議と気分は悪くない。

その理由は恐らく、話し相手となったこの女性が、気持ちのいい人だったから。

「……まあ、別になんでも良いんだけどな」

自分がこうして人並みに会話をしているのを少しだけ驚きつつ、それが彼女の生来の気質かと身を以て納得させせられた俺は、去って行こうとするその背中を見つめる。

そんな折だった。

「——やはりここにおられましたか」

野太い声と共に、ドアが開かれる。

人影は二つ。その両方共が、巨漢と形容すべきであった。遠目にも、身体の起伏が服越しに確認できる筋骨隆々さ。

いずれも腰には長めの剣がひと振り。瞳の奥に湛える強い感情。意思の強さ。一目見て頭に流れ込んできた情報を纏めている最中、女性からの返事を待たず、声の主であった男性の視線が俺に向いた。

「……そこの御仁は？」

彼がそう問うた理由は、俺の座る机のすぐ側に、誰かが食べた器があったのが原因だろう。

「偶然、出会った旅人さん。朝ご飯を食べに来たって言ってたからつい、話し込んじゃった」

「……ふむ」

「どうせこうしてウル達が迎えに来るんだろうなあって思ってたから、それまでの暇つぶしをしてたの」

「あの御仁と、ですか」

猛禽類もかくやという男の炯眼が俺を射抜き、値踏みするかのようにジッと焦点を当てて離れない。

旅人、というには、男の話し方、佇まいからして違和感が付きまとう。それに、どう見てもただの旅仲間、という雰囲気ではない。

彼を言い表すならば、『騎士』という言葉が何より適切なものに思えた。

その彼が、上から、下へ。視線を動かし、俺の姿を確認した後、

「失礼ですが――」

何かを尋ねようとしたが、その言葉は最後まで紡がれない。

「ウル」

問いかけを遮ったのは、男の側にまで歩み寄っていた、つい先程まで美味しそうに朝食をとっていた女性の一言であった。

「あの子は、悪い人じゃないよ」

彼女らの会話から、面倒事の匂いがこれでもかとばかりにぷんぷん漂ってきている。

俺はできれば何事もなくゆっくりしていたい人間。

なので、耳を塞いで何も聞こえない状態に持っていきたい衝動に襲われていたが、周囲に漂う空気がそれを許さない。

早起きをすると良い事がある。何度も耳にしてきたそんな言葉はやはり大嘘だったかと、今この瞬間、身を以て知った。

「あはは……ごめんね？　ウルってば心配性で、わたしが一人で他の人と一緒にいるとすぐこうなるの。ほんと勘弁してほしいよねえ」

にへらっと笑いながら、俺に背を向けていた彼女は再度向き直る。申し訳ないという気持ちが、彼女の挙措（きょそ）からも伝わった。

程なくして、ぱんっ、と張りのある音が響く。

彼女が両の手を力強く合わせた音なのだと、すぐに理解に及んだ。

「あ、そうだ！　そういえば自己紹介をしてなかったよね？　わたしはエレーナ。一応は旅人のつもりだけど、家出少女もやってます！」

「相変わらずそれ、馬鹿正直に言っちゃうんすね……」

「煩いなぁレーム！　別に隠す程の事でもないでしょ！」

ウルと呼ばれた硬派な騎士めいた男の隣に控えていた、もう一人の大男。

割りかし柔らかな印象のレームという男性に呆れられ、彼女——エレーナは目を吊り上げてぷりぷりと怒る。

いやいや、黙っておくって選択肢もあるでしょうに、と小声でぼやくレームであったが、何か言った⁉と更に怒鳴られ、何でもねえです、とどこか悲しげに黙り込む。

「シヅキ」

俺がそう言うや否や、場の空気が割れる。

シン、と静まり返った食堂内で、声が反響する。

「俺の、名前だ」

ぽかんと、どうしてか惚けるエレーナであったが、それも一瞬。次第に笑みを深めていき、

「良い名前」

返答がお気に召したのか快活に笑いながら、満面の笑みを向けてくる。

裏表を感じさせない気持ちのいい人。まるで害意に当てられた事のない童女のような人だとつい、思ってしまう。

「シヅキ、シヅキ……シヅキ。うん。覚えた」

何度も反芻し、忘れないようにと覚え込む素振りを見せた後、彼女は再びつま先を扉の方へと向ける。

「それじゃあシヅキ、また会えたらその時はお話ししよう。今度は、ゆっくりと」

それだけ告げて、嵐のような女性——エレーナは俺の前から立ち去っていった。

## 第二十六話　どこか気恥ずかしくて

「時間を戻す魔法に、帝国が目をつける古代遺産ねぇ……」

エレーナ達が出て行ったドアを見つめながら、俺はそう呟いた。

『豪商』——ドヴォルグ・ツァーリッヒの頼みだからと引き受けたこの依頼。時間が経つにつれ、一筋縄ではいかないのだと否が応でも自覚させられる。

だが、改めて考えても——

「……後者は兎も角、前者なんてあるわけがないだろ」

俺からしてみれば、その一言で全てが収束してしまう。

ずずーっ。

と、今度はエレーナではなく俺が啜る音を立て、口に運んだ麺を咀嚼しながら、ひどく冷めた口調でそう吐き捨てた。

連盟首脳会議（クーリア）と、どっちが面倒臭いかな。なんて考えを巡らせ……どっちも大して変わんねえなと結論付けて、意味を成さなかったその思考を彼方へ追いやる。

「よくもまあ、朝からそんな胃がもたれそうなものを食べられますね、殿下」

「これが案外美味しいんだ。味もしつこくないし」

隣に座ってあり得ないものを見るような視線を向けてくるフェリの方に、一口食べてみるか？と器を寄せてみるも、彼女は小刻みに左右に首を振る事で返事する。

そこまで嫌そうにしなくても。食べてみればいいのに。なんて思いながら、俺は空いたお腹を満たすべく、また麺を口に運んだ。

「にしても、殿下が誰かと話をなさっていたとは……」

「なんだろうな。アイツ、どことなくラティファに似てた気がする」

ヤケにぐいぐい来るところとか……だからなのかもな。

と言うと、フェリはなるほどと得心していた。

別に俺は、誰かと会話をする事が絶望的なまでに苦手、というわけではない。他者に対する興味が希薄で、それが会話を行う上で致命的過ぎるだけ。

だから、会話が続かない。というより、会話というコミュニケーションを行おうという思考に辿り着く事が極めて困難なのである。

エレーナと話す事数分。

加えて、おばちゃんを待つ事数分。

朝食が出来上がるのを待つ事、更に数分。

今は、やけに遅いなと様子を見に来たフェリと、こうして麺を啜りながら会話をする事になっていた。

「なあ」

「何でしょうか?」

「フェリはさ。もし仮に、時間を戻せるとしたら……戻したいか?」

質問の意図は、何となくだった。

ふと、思ったから聞いてみた。

ただ、それだけの理由。

「難しい、質問ですね」

少しだけ、フェリの眉間に皺が寄った。

「仮に戻れるのなら。私は戻りたいと思うかもしれません」

「へえ」

「ですが、もし本当に時間を戻してしまえば、当然、これまで過ごしてきた時間全てがなかったものになってしまいます。嬉しかった事も悲しかった事も、本当に全てが。もしそうなってしまった時、きっと私は色々と後悔をしてしまう。だから、私はきっと『イマ』を選ぶでしょう」

花が咲いたような笑顔で、彼女はそう言う。

至るまでの理由は違えど、俺と変わらぬ答え。ディストブルグの忠臣——フェリ・フォン・ユグスティヌらしい回答であった。

「なにせ」

「なにせ？」

そこで終わりと思われたフェリの発言であったが、どうやら続きがあるようで、彼女は含みある笑みを表情に貼り付け、次いで声を響かせる。

「過去に戻ってしまえば、それはつまり殿下の成長も逆戻りという事ですからね。そうなってはおちおち夜も眠れません」

「……成長ねえ。身体的な成長くらいしかしてないと思うが」

精神的な成長は多分、随分前に止まってしまっている。

その自覚があったからこそ、自嘲めいた返答をする俺であったが、対してフェリはというと優しげに笑んでいた。やけに温かい視線がその笑みと一緒に俺へと向けられており、ほんの少しだけ、いたたまれない感情に襲われた。

「そうでしょうか？」

心底、不思議そうに。フェリは言う。

「本当に殿下の言う通りならば、きっと今この場にはいなかったと思います」

以前までの貴方ならば。

フェリはそう締めくくり、ジッと俺を見つめる。

不純物が何一つ交じっていない、ありのままの感情。だから、軽口で返すなんて事ができなかったのだと思う。

「先程までお話しになられていた方との縁も生まれなかったでしょう。殿下が成長なさったから、それらの縁が生まれた。こうして、当たり前のように話ができている」

以前ならばあり得なかった事。

布団に包まり、夕方までゴロゴロと惰眠をむさぼる己の姿が容易に幻視できてしまったからこそ、それもまた、考えるまでもなく理解できてしまった。

「私は、それが何よりも嬉しいんです。だから、私は時間を巻き戻せるとしても、それを望まないと思うんです」

「……ん」

気づけば、器の中からは随分と残っていたはずの麺が既になくなっており、手にしていた鉄製の箸は空を切る。

気恥ずかしさを隠す為、無意識のうちに手を頻りに動かしていたからだろう。どこまでも真面目なフェリの回答を前に、俺はこんな事なら安易に聞くんじゃなかったとほんの少し後悔した。

「……そうかよ」

どこか乱暴にそう言葉を吐き捨て、俺は器に手をかけ、顔付近へと運ぶ。

「ところで、今日のご予定は決まってるんですか？」

ずずず、と人肌より熱いスープを、火傷しないよう慎重に器を傾けて啜る俺に、そんな質問が向けられた。

「んー……」

本音は、部屋でゴロゴロしておきたい。そう言いたいところなのだが、残念ながらそれを許すフェリではない事は、俺が誰よりも身を以て知っている。だから、その選択肢はそもそも存在していない。

どうしたものか。

スープを飲み干しながら黙考する俺の脳裏をよぎるのは、エレーナと名乗った女性との、つい先程までのやり取り。

話題に上がっていた——古代遺産。

興味がないと言えば、嘘になる。

「そう、だな」

しかし、だからといって興味本位に〝真宵の森〟に入る事は当然褒められた行為ではない上、フェリもそれは許さないだろう。

ならば。

「今日は下見をしたい」

「下見……ですか」

「そ。〝迷いの森〟の下見。別に中に入るわけじゃない。ただ、どんなところかを知っておきたい」

確実に突いてくるであろう事柄への答えを、先にあえて言ってしまう。一瞬、不審に顔を歪めた彼女の様子からして、中に入ると言えば、きっと反対の声が飛んできたに違いなかった。

「どうしてとお聞きしても？」

「んなもん決まってんだろ。暇だからだよ。部屋で寝て過ごすって言ったらどうせ怒るんだろ？」

「当然です」

「だから消去法でそうなった」

他にやる事もないしな、と言って締めくくる。

ラティファだけなら上手く丸め込めたかもしれないが、天下のメイド長でもあるフェリがいるとなれば分が悪過ぎた。故の、初手諦めである。

フェリからは、最早乾いた笑いすら出てこなかった。

「なるほど」

「てなわけで、ラティファが起き次第、散歩がてら行くか」

「では、あの方もお呼びしますか？」

ここで言うあの方とは、現在同行中のあの少年の事である。

「いや、呼ばなくていい。言っただろ？　別に中に入るわけでもないし」

「分かりました」

ゴトリ、と音を立てて、俺は持ち上げていた器をテーブルの上に置く。

「んじゃ、そろそろ部屋に戻るとするか」

ここに来て三〇分程だろうか。

手早く済ませるつもりが随分と時間を過ごしてしまったなと思いながら、俺は席を立ってドアに向かう。それに続いて、フェリもまた席を立った。

「あー、そうだ」

先を歩いていた俺は肩越しに振り返り、ふと思い出したかのような調子で、彼女に言葉をかける。

「呼び方、一応気を付けてくれよ」

一晩経った事で頭から抜け落ちてしまったのか。

はたまた、長年の癖は容易に抜けないのか。

「あっ……」

言われて漸くフェリは己の失言を悟り、申し訳なさそうに顔を歪めて言い直す。

「そう、でしたね。シヅキ」

己が指摘した事であるのだが、やはりそう呼ばれる事はどこかむず痒かった。

## 第二十七話　やっぱり俺は

孤独は嫌いだ。

どこまでも虚ろで——死にたくなるから。

前世にて——仲間がもう一人もいなくなってしまった頃。俺は、孤独からどうしても逃げたかった。だから、夢に。明晰夢に行き着いてしまったのだろう。影が宿った薄暗い心はひたすらに孤独を拒んでいた。

その自覚はある。その自覚があるからこそ、こうして一人になった途端に、こんなにも無為で、無下に時を過ごしてしまっているのだろう。

「それでも、落ち着く」

独りで過ごした時は、きっと今まで、そしてこれから先、全てを併せても、恐らく一番長いはずだ。長く続いていたと感じるはずだ。

独りは嫌い。でも、一人でいた方が落ち着いてしまう。安堵してしまう。この慣れてしまった感覚に、安心感を覚えてしまう。

孤独を心から嫌悪する。でも独りでいた方が安心する。相変わらず、矛盾だらけだ。

ふはっ。と、自嘲めいた笑みを漏らし、俺は人通りのほとんどない朝の街を一人で歩いていた。

食堂で空腹を満たした俺は部屋に戻る途中、どうしてかフェリから、先に外に向かっておいてください、と言われ、こうして一人で歩く事になっていた。

どうして、と尋ねようとはした。

けれど、フェリが何の意味もなくそんな発言をするだろうかと思い至り、何かしらの理由があるんだろうと判断した俺は、特に理由を聞きもせずに首肯し、分かったと告げるに留めた。

「……にしても、真っ直ぐ進めば分かる、って言われてもな」

ならば先に下見をしておくと言う俺に対し、目に見えて顔をしかめたフェリは再三にわたって「絶対に、先走らないでください」と制止した。そして、森の場所は真っ直ぐ道なりに進めば分かる、とだけ言い残して俺と別れた。

俺達の中で目的地である〝迷いの森〟の場所を知っているのは、あの少年と、長くディストブルグに仕えているフェリの二人だけだろう。どこか抜けたメイドのラティファが、こんな辺境の地理を知悉(ちしつ)しているとは考え辛い。

こんな事ならばあの少年でも連れてくるべきだったか、と軽く頭を掻く。

「街はそれなりに広いし」

早朝だからか活気はなく、がらんと静まり返って静寂な街という印象を受けるが、あちこちに飲食店などの建物が点在している。街並みも明媚で、栄えた街である事は一目瞭然であった。

「って、ああ……」

これは自力では辿り着けないかもしれない。そう思った俺であったが、ふと、足を止める。

辛うじて視界に映り込んだ緑の景色を、得心顔で見つめながら、俺は口を開いた。

「アレか」

きっと、アレが〝迷いの森〟なのだろう。

そう口にするとすとんと胸に落ち、渦巻いていた疑問はその瞬間に綺麗さっぱり霧散した。

そして再び、俺は歩き始める。

遠目から眺めるソレは、俺の瞳にはただの森にしか映らない。間違っても、『迷い』と呼ばれるようになった摩訶不思議な場所とは到底思えなかった。

わざわざ入念に準備を行い、位置を認識する為といって渡された、衣類に結びつけてある鈴の形をした魔道具が本当に必要なのかと疑ってしまう程、ソレは普通の森であった。

「仮に『惑わし』の類いだとして、それなら俺には関係ないと思うんだが……」

幻術の類いならば、恐らく俺には大した影響はない。なにせ大昔、幻術を得意とする人物に常に遊び半分で幻術をかけられ続けていたのだ。

視覚や聴覚が欺かれようとも、何となくの違いや違和感を感じ取る事ができる自信があった。

だから、あの森が幻術に覆われているのならば、問題はない。

ただ、あの森が前世にて最後の最後まで俺を手玉に取り続けてくれたあの幻術使いのレベルでない限り。

「警戒しておいて損はない、か」

だが俺は、己に都合の良い状況である確率は極めて低いと考えていた。そこに理屈は存在しない。

それでも俺はそう断言できた。長年にわたって培（つちか）われ、頼り続けてきた勘が、そうだと訴えかけている。俺が信じ断じる理由なぞ、それだけで十分過ぎた。

ならば、俺は慎重にならなければならない。

そう、頭では理解している。

だというのにどうしてか、こんなにも歩調が勇んでいる。普段よりもずっと足早に、俺は動いていた。

「一体何があるのやら」

歪んで、軋んで。

決定的にどこか壊れた俺だけど、それでも確固たる信念に似たものを持っている。

きっとそれは『宿命』であり『使命』なのだろう。

魂の奥底にまで根付いてしまった一つの思考。

ほんの僅かでも可能性があるならば、俺はそこへ向かわなければならない。する事がなかったから、という嘘をついてでも、俺はそこへ一度行ってみたかった。

類は友を呼ぶ、という先人の言葉がある。

それと同様に、厄介事も自ずと一点に集まるという法則が存在するのだ。古代遺産。時の魔法。それらの可能性が集まった古代遺跡。

おまけに帝国の影まである。

脳裏に焼き付いて離れない〝異形〟の手掛かりがあってもおかしくはない。俺がそんな考えに至るのは至極当然でもあった。

「鬼が出るか蛇が出るか。とはいえ」

この出来事を。

〝迷いの森〟に向かう事になったのを、たまたまと捉えるか。はたまた運命であり、必然と考えるか。

「思い立った時に向かわなきゃ、きっと後悔するだろうから」

もとより、向かわないという選択肢は存在しない。加えて〝異形〟の手掛かりを得られるかもしれないこの機会を、未だ前世に囚われ続ける俺が、偶然と捉えられるか。答えは――否だ。

「立ち塞がるモノが何だろうと、俺は斬り裂くだけ」

そう言って俺は、無造作に〝影剣(スパーダ)〟を己の影から創り出し、それを腰に下げた。

馴染みのある感覚。

それは、何より心地のいい感覚であり、重量であった。

「〝異形〟は何があろうと死すと決めているから。誓ったから。それだけは何があろうと揺るがない」

己の命でさえも、この決め事の前では徹底的に使い潰すだけの道具であり、手段に過ぎないと自分自身が何より自覚している。それ程までに重いのだ。この想いは。

「だから俺は、〝影剣〟を振るう」

理由がなければ剣一つ振るえなかった俺は、どこまでも理由を求めたがる。理由を得て、己を正当化できるようになって漸く剣を振るう事ができる、弱虫であるから。

生きる為でも、守る為でもない。

俺が俺自身であるが為に〝影剣〟を振るうのだ。それを己の口で己に再認識させると同時、堪らず笑みが漏れた。自嘲めいた笑みが、凄絶に面貌に貼り付く。

「……はっ」

どうにかして俺は笑おうと試みて。

出てきたのは苦い笑い。

「変わってねえ」

ぽつりと言葉をこぼす。

「変わってねえよ。何一つ」

フェリは言った。

俺が成長したと。

その時、俺は強く反論をしなかった。軽く茶化すに留めて、淡々と受け流した。

多分、俺にとってその言葉は願望だったのだ。

心のどこかで、自分自身が成長したと思いたかったのだろう。だがその願望は今この瞬間、粉々に、跡形もなく打ち砕かれた。

何故ならば、俺という人間はどこまでも深く濃く焼き付けられた怨みにいつまでも引きずられ続け、挙句、未だに憎しみを乗せて〝影剣〟を振るおうとしているのだから。そんな人間のどこが成長したと言えるのだろうか。

仮にこの想いをフェリにぶつけたならば、きっと耳障りの良い言葉が返ってくる事だろう。だから、この想い、この感情は、自分の中で自己完結させた。

「もう、これはかりは変えようがないんだよ」

根本的に壊れきってしまっている。

成長だとか、そういう変化が促される以前に、根付いた考えが既に取り返しのつかないレベルで壊れきってしまっているのだ。

改めて己の本質を自覚すると同時、エレーナと名乗った女性の言葉が脳裏をよぎった。

――――綺麗、だね。

俺の考え、生き方を彼女はそう評した。

その理由が実は、マトモな人間らしくない考えであるから、彼女はあえて『綺麗』と口にしたのではないか。そんな考えが思い浮かび、あの発言は何より切れ味の良い皮肉であったのではという穿った結論に行き着いた。

結局のところ、ファイ・ヘンゼ・ディストブルグの行動原理とは、『守る』事であり、『贖罪』。この二点に帰結する。剣を振るう理由は決まってこの二つだ。この二つの為だけに、俺は〝影剣〟を愚直に振るう。

「どこまで煎じ詰めようが、それは変わんねえんだよ」

これは心のカタチであり、魂のカタチ。

剣に生き、剣に殉じた度し難い剣士はたとえ転生しようとも、一度貫いた在り方を変える事ができない不器用な人間。それが正しいと信じて疑えない救えない人間。

誰かと過ごし、誰かと言葉を交わし、誰かと打ち解ける。そうする中で、気づかぬうちにまるで自分がマトモな人間であると俺は錯覚し、そう思い込んでしまっている。俺は弱い人間だから、思い込む事で逃げたかったんだろう。でも、こうした独りの時間が俺を現実に引き戻す。心を切開し、俺という人間の本質を自覚させてくれる。

「ひと振り決殺」

これは戒めの言葉。

先生の口癖であり、あの地獄のような日々を思い出させてくれる魔法の言葉。

この世界は優しい。

間違っても、剣を握らなければ明日にでも死んでしまうような世界ではない。だからどうしても隙間が生まれてしまう。慢心という名の隙間が小さくぽっかりと。

その慢心が、その油断が何を引き起こし、どんな結末を招いたか。それを知らない俺ではない。だから、己を責め立てるように言葉を紡ぐのだ。

「……嗚呼(ああ)、やっぱり」

胸に収まった感情を確かめる。

どうしてか脳裏に浮かんだ懐かしい灰色の光景を想いながら、俺は腰に下げた〝影剣(スパーダ)〟へ右の手を置く。あの頃から、俺は何一つ変わっていないし、何一つ変わろうとしてないと、理解に及んだ。

「俺には、この生き方しかねえんだろうな」

献身的に尽くすどこかのメイドがこの発言を耳にしたならば、心底悲しんだ事だろう。でも、俺はこの考えを改める気にはまだなれなかった。

果てしなく広がる空を見上げながら、俺は〝真宵の森〟に向かって歩き続けた。

『収納』は異世界最強です
正直すまんかったと思ってる
俺を勇者召喚した国は怪しさ満点だし、
『収納』だけの出来損ない勇者になったし……
よし、逃げよう
農民 Noumin
ありがちな収納スキルが大活躍!?
異世界逃走ファンタジー!
少年少女四人と共に勇者召喚された青年、安堂彰人。召喚主である王女を警戒して鈴木という偽名を名乗った彼だったが、勇者であれば『収納』以外にもう一つ持っている筈の固有スキルを、何故か持っていないという事実が判明する。このままでは、出来損ない勇者として処分されてしまう——そう考えた彼は、王女と交渉したり、唯一の武器である『収納』の誰も知らない使い方を習得したりと、脱出の準備を進めていくのだった。果たして彰人は、無事に逃げることができるのか!?

# 転生幼女はお詫びチートで異世界ごーいんぐまいうぇい

Going My Way

高木コン
Kon Takagi

チートなスキル&
神様の手厚い加護で

# 我が道まっしぐら!!

ライトなオタクで面倒くさがりなぐーたら干物女……だったはずなのに、目が覚めると、見知らぬ森の中! さらには──「えええええぇぇぇぇ? なんでちっちゃくなってんの?」──どうやら幼女になってしまったらしい。どうしたものかと思いつつ、とにもかくにも散策開始。すると、思わぬ冒険ライフがはじまって…… 威力バツグンな魔法が使えたり、オコジョ似のもふもふを助けたり、過保護な冒険者パーティと出会ったり。転生幼女は、今日も気ままに我が道まっしぐら! ネットで大人気のゆるゆるチートファンタジー、待望の書籍化!

●定価:本体1200円+税　●ISBN 978-4-434-26774-1

●Illustration:キャナリーヌ

# 変わり者と呼ばれた貴族は、辺境で自由に生きていきます

enbunbusoku
塩分不足

領民ゼロの大荒野を……

## 神話の魔法でのけ者達の楽園(ユートピア)に！

超サクサク
辺境開拓
ファンタジー！

名門貴族の三男・ウィルは、魔法が使えない落ちこぼれ。幼い頃に父に見限られ、亜人の少女たちと別荘で暮らしている。世間では亜人は差別の対象だが、獣人に救われた過去を持つ彼は、自分と対等な存在として接していた。それも周囲からは快く思われておらず、『変わり者』と呼ばれている。そんなウィルも十八歳になり、家の慣わしで領地を貰うのだが……そこは領民が一人もいない劣悪な荒野だった！　しかし、親にも隠していた『変換魔法』というチート能力で大地を再生。仲間と共に、辺境に理想の街を築き始める！

◉定価：本体1200円＋税　◉ISBN 978-4-434-27159-5

◉Illustration：riritto

F ranku bokensya no kimamana henkyo seikatsu
最強Fランク冒険者の気ままな辺境生活？
紅月シン
Shin Kouduki
無自覚チート ダダ漏れの
お気楽ライフ!?
元Sランク勇者の
天然やりすぎファンタジー開幕！
魔境と恐れられる最果ての街に、一人の少年がふらりとやって来た。彼の名は、ロイ。Fランクの新人冒険者である。魔物蔓延る過酷な辺境での生活は、彼のような新人にはあまりに荷が重い。ところがこの少年、実は魔王を倒した勇者だったのだ。しかも、ロイにはその自覚がまるでないものだから、周囲は大混乱!?
規格外新人冒険者のちょっと賑やか（？）な辺境生活が始まる！
●定価：本体1200円＋税　●ISBN 978-4-434-27061-1
illustration：ひづきみや
F ranku bokensya no kimamana henkyo seikatsu
最強Fランク冒険者の気ままな辺境生活？
紅月シン
魔物蔓延る最果ての魔境で……
無自覚チート ダダ漏れの
お気楽ライフ!?
元Sランク勇者のチートな日常、開幕！